11 कदम एक साथ

लेखक

सारा वर्मा

अनुवाद : अनामिका मिश्रा

डायमंड बुक्स

www.diamondbook.in

प्रकाशक : डायमंड पॉकेट बुक्स (प्रा.) लि.
X-30, ओखला इंडस्ट्रियल एरिया, फेज-2
नई दिल्ली-110020
फोन : 011-40712200
ई-मेल : sales@dpb.in
वेबसाइट : www.diamondbook.in
संस्करण : 2024

---

11 Kadam Ek Saath
by *Sara Verma*

प्रस्तावना

एक-एक साँस जोड़कर बनी इस जिन्दगी का ताना-बाना न जाने कितने ही छोटे-छोटे से मामूली से नज़र आने वाले पलछिनों को मिलाकर बुना जाता है। कभी-कभी ऐसा भी होता है कि जब हम अपनी जिंदगी की एल्बम को पलटकर देखते हैं, तो हमारे अब तक के सफ़र की तस्वीरें हमें ही हैरान कर जाती हैं। किसी ने सच ही कहा है कि हर इंसान की जिंदगी में एक ऐसा मौक़ा जरूर आता है, जिसमें उसके जीवन की दिशा और दशा दोनों को तय करने की ताकत होती है। अक्सर लोग नादानी के चलते इस मौके को गँवा देते हैं, और कभी-कभी तो सबकुछ जानते-समझते हुए भी वह कोशिश करने की जहमत ही नहीं उठाना चाहते। स्कूल के दिनों में आपने टीचर को कहते सुना होगा की सेब तो हमेशा से ही पेड़ से नीचे गिरते आ रहे थे, मगर गुरुत्वाकर्षण के बारे में सिर्फ न्यूटन ही सोच पाए। दरअसल किसी सामान्य सी दिखने वाली बात को परखने और समझने का नज़रिया ही उससे जुड़े व्यक्ति और उस घटना को ख़ास बना देता है।

श्रीमती विभा चुघ भी आज जिंदगी के बायोस्कोप में पुरानी रीलों को रिवाइंड करके देख पा रही थीं। सामने आता हर एक फ्रेम कभी उनके चेहरे पर मुस्कराहट बनकर खिल उठता तो कभी ख़ुशी के आँसू उनकी आँखों में झिलमिला उठते! मौक़ा ही कुछ ऐसा था...उनके जीवन पर लिखी गई किताब का लॉन्च होना जो तय हुआ था! प्रकाशक ने उनसे कुछ तस्वीरों की माँग की थी, इसी सिलसिले में पुरानी ड्राइव्स को खंगालते हुए विभा जी एक बार फिर से उन पलों से रू-ब-रू हो पा रहीं थी जहाँ से एक-एक कदम बढ़ाते हुए उन्होंने अब तक का अपना यह मुकाम हासिल किया था। आज वह खुद को और भी बेहतर ढंग से समझ पा रही थीं...आखिर क्या है उनकी पहचान?

करनाल के एक छोटे से कस्बे में जन्मी विभा का बचपन बिल्कुल वैसा ही था जैसे डिजिटलाइजेशन का दौर आने के पहले पैदा हुई पीढ़ी ने जिया है। उनके घर में माता-पिता के साथ-साथ उनकी दादी माँ, एक बड़ी बहन और एक छोटा भाई रहते थे। उनकी दादी काफी धार्मिक स्वभाव वाली महिला थीं, और माँ के कामकाजी होने की वजह से विभा के बचपन का अधिकतर हिस्सा दादी माँ की छत्रछाया में गुजरा है। ऑफिस की व्यस्तता के चलते उनकी माँ ने भाभा जी को बच्ची की देखभाल में परिवार के सदस्यों की मदद करने के लिए नियुक्त किया था। दादी माँ की तरह ही भाभा जी का ह्रदय भी दया, करुणा और भक्तिभाव से भरा हुआ था। वह विभा को रोज अपने साथ गुरुद्वारा लेकर जाया करती थीं। खाना बनाते हुए वह रोजाना पहली रोटी गाय के लिए और आखिरी रोटी कुत्ते के लिए रखा करती थीं। इस तरह पशु-प्रेम का पहला पाठ विभा ने भाभी जी से उस नन्हीं सी उम्र में ही सीख लिया था। हालाँकि जैसा कि आमतौर पर घरों में होता है, विभा को भी बचपन में कुत्तों से डरना ही सिखाया गया था। घर में और कोई पशु-प्रेमी न होने के कारण कुत्ते के काटने पर चौदह इंजेक्शन लगने का खौफ उनके मन में भी बहुत गहरे तक बैठ चुका था।

इंजेक्शन के इस डर का ही नतीजा था कि स्कूल में टीकाकरण वाले दिन विभा ने खुद को अनाज के ड्रम में छिपा लिया था, और बड़ी ही मशक्कत के बाद उन्हें वहाँ से खोजकर निकाला जा सका। बचपन में वह बेहद चुलबुले और खिलंदड़ स्वभाव की थीं। किसी के बगीचे से फल तोड़कर खाना हो या मशहूर हलवाई प्रेम पकौड़ेवाले के पनीर पकौड़े चुराना, वह मोहल्ले के सभी बच्चों की लीडर बनकर इन सभी कारनामों को अंजाम दिया करती थीं। सभी हैरान रह जाते थे जब क्लास में पढ़ाई के दौरान छिप-छिपकर खाना खाने वाली शरारती बच्ची परीक्षाओं में सबसे अच्छे नंबर भी लाकर दिखा देती थी। इसी तरह हँसते-खेलते विभा ने अपनी दसवीं तक की पढ़ाई डी.ए.वी. स्कूल करनाल से पूरी की। इसके बाद उन्होंने गवर्नमेंट कॉलेज करनाल से बी.ए. ऑनर्स किया और फिर कुरुक्षेत्र यूनिवर्सिटी से सोशल वर्क यानि समाज-सेवा में अपनी एम.ए. की डिग्री ली।

समाज सेवा में परा-स्नातक हो जाने के बाद विभा ने आत्मनिर्भर होने की दिशा में अपना पहला कदम बढ़ाया। उन दिनों दिल्ली पुलिस ने 'प्रयास' नाम से एक संस्था की शुरुआत की थी। विभा को इसी संस्था में अपनी पहली नौकरी मिली, और उन्हें काम दिया गया शादीपुर रेड लाईट एरिया में जाकर वहाँ के लोगों की समस्याएँ सुनने और

उन्हें सुलझाने का। अभी-अभी तो उन्होंने बस कॉलेज से बाहर कदम रखा ही था, घर और परिवार के सुरक्षित माहौल से आगे बढ़कर अब वह बाहर की दुनिया को जानने और समझने की कोशिश कर रही थीं। लेकिन इस नौकरी में मिलने वाले अनुभवों ने एकदम से उन्हें जिंदगी के कठोर धरातल पर लाकर पटक दिया! हर रोज़ उनका सामना वेश्यावृत्ति, ड्रग एडिक्शन, चोरी, मार-पीट और घरेलू हिंसा जैसी घटनाओं से होने लगा। विभा का कोमल और संवेदनशील मन शादीपुर के लोगों की इस दुःख और पीड़ा को झेल न सका, और उन्होंने वही फैसला किया जो उस उम्र की समझ ने उन्हें सुझाया। उन्होंने महज पंद्रह दिनों के भीतर ही अपनी पहली नौकरी छोड़ दी।

जैसा की उस दौर में घरों का माहौल होता था, नौकरी छोड़कर घर बैठी विभा की माँ को उनकी शादी की फिक्र सताने लगी। लेकिन उनके पिता समझ गए थे कि बेटी का मन अभी घर-गृहस्थी की जिम्मेदारियों को निभाने के लिए पूरी तरह से तैयार नहीं हुआ है। पिता के सहयोग और प्रेरणा से विभा ने एक बार फिर अपने करियर की नई शुरुआत करने की ठानी। तभी सुनने में आया इन्टास फार्मा नामक कंपनी को अपना कारोबार बढ़ाने के लिए नए मेडिकल रिप्रेजेंटेटिव्स की जरूरत है। उन दिनों इस तरह की जॉब्स में अमूमन लडकियाँ न के बराबर ही जाया करती थीं, ज़ाहिर है विभा को भी घर और आस-पड़ोस से यही सुनने को मिला कि मेडिकल रिप्रेजेंटेटिव की प्रोफाइल लड़कियों के लिए नहीं है। लेकिन उनके पिता ने बेटी के हौसले को देश की पहली महिला प्रधानमन्त्री श्रीमती इंदिरा गांधी का उदाहरण देकर और भी बढ़ा दिया। विभा ने अपनी काबिलियत के बलबूते पर न सिर्फ वह नौकरी हासिल की बल्कि ढाई साल के अन्दर वह कंपनी की रीजनल सेल्स मैनेजर भी बन गईं।

बेटी के आत्मनिर्भर हो जाने के बाद परिवार के लोगों के बीच उसका घर बसाने की चर्चा चल पड़ी। बड़े ही अरमानों के साथ विभा के माता-पिता ने अपनी लाडली को डोली में बिठाकर विदा किया। वह अपनी बेटी के सुखी और सम्पन्न भविष्य सुनिश्चित कर निश्चिन्त हो चुके थे, लेकिन होनी को तो कुछ और ही मंजूर था। कुछ ही समय बाद ससुराल में विभा से दहेज़ की माँग की जाने लगी और उनको प्रताड़ित किया जाने लगा। बचपन की वह शरारती और खिलंदड़ लड़की रोज़ मिलने वाली उस प्रताड़ना से कहीं खो सी गई। अन्दर ही अन्दर वह पूरी तरह से टूट चुकी थीं, लेकिन मन के किसी कोने में अभी भी जीवन को जीने की भरपूर इच्छा कसमसाती रहती थी। नतीज़न एक दिन अपनी सारी हिम्मत बटोरकर विभा के कदम जो उस कैद

से बाहर निकले तो सीधा अपने पिता के दरवाजे पर ही जाकर रुके।

परिवार के साथ और सुरक्षा भरे माहौल में विभा ने दर्दनाक अतीत को भुलाकर नए सिरे से अपने वर्तमान को सँवारने की शुरुआत की। पुरानी कंपनी उन्हें जॉब पर वापस बुला चुकी थी, वह धीरे-धीरे पहले से बेहतर स्थिति में आ रहीं थीं। लेकिन अभी भी उदासी और भविष्य की चिंता उनके चेहरे पर कहीं न कहीं झलक ही जाती थी। ऐसे में उनके बॉस ने उन्हें एम.बी.ए. करने की सलाह दी, जिससे वह अपने करियर को और भी बेहतर मुकाम पर पहुँचा सकें। विभा ने आई.एम.टी. में एम.बी.ए. की डिग्री में एडमिशन पाने के लिए फॉर्म भरा, ग्रुप डिस्कशन के समय अंग्रेज़ी बोलने में हिचकिचाहट होने के बावजूद जिस तर्कसंगत और तथ्यात्मक ढंग से उन्होंने हिंदी भाषा में अपने भाव रखे उससे प्रभावित होकर पैनल ने तुरंत ही उनके एडमिशन को हरी झंडी दे दी!

एम.बी.ए. करने के बाद विभा के प्रयासों ने सफलता की नई उड़ान ली और वह अपनी कंपनी की नार्थ हेड बन गईं। वह अपने लक्ष्यों को लेकर बहुत ही महत्वाकांक्षी और दृढ़संकल्प थी, जल्द ही बेक्टन डिकिन्सन नाम की मल्टीनेशनल कंपनी ने उन्हें अपना नार्थ इंडिया हेड बना दिया।

इसी दौरान उनकी मुलाक़ात हुई मुकेश चुघ से, मुकेश उन दिनों अपनी इंजीनियरिंग की पढ़ाई कर रहे थे, जबकि विभा कुरुक्षेत्र यूनिवर्सिटी से सोशल वर्क में अपनी मास्टर्स की डिग्री पूरी करने में लगी हुई थीं। धीरे-धीरे बढ़ती मुलाकातों के साथ दोनों एक-दूसरे को और भी बेहतर तरीके से जानने-समझने की कोशिश करने लगे, और अंततः जीवनसाथी बन गए। शादी के बाद भी विभा ने अपने काम में तरक्की की सीढ़ियाँ चढ़ना बदस्तूर जारी रखा। पहले वह भारत में मर्क की लॉन्चिंग का हिस्सा बनीं और फिर एक कदम आगे बढ़कर उन्होंने फेनवाल नाम की कंपनी को ज्वाइन कर लिया। यह साथ विभा के जीवन का सबसे बड़ा संबल साबित हुआ और बेटी कायना के जन्म से तो जैसे चुघ परिवार को दुनिया की सारी खुशियाँ हासिल हो गईं।

कायना की अच्छी देखभाल के लिए उन्होंने अपने करियर से भी ब्रेक ले लिया था। इस तरह विभा अपनी खुशहाल गृहस्थी में एक आरामदायक जीवनशैली बिता रही थीं, लेकिन नियति ने उनके भविष्य के पन्नों पर अपनी अनोखी स्याही से एक अलग ही इबारत लिख रखी थी। आने वाले दिनों में ऐसा बहुत कुछ होना बाकी था जिसका अंदाजा खुद विभा को भी नहीं था।

विषय सूची

सड़क पर बेसहारा कुत्तों को खाना खिलातीं विभा

अध्याय : 1

अपने कम्फर्ट जोन से बाहर आना

(Stepping Off the Comfort Zone)

विभा का मन पूरी तरह से अपने घर और गृहस्थी में रम चुका था। घरेलू जिम्मेदारियों और बेटी कायना की देखभाल के बीच मिलने वाले फुरसत के चंद पलों में हिन्दी प्रेमी विभा कभी-कभी अपनी पसंदीदा कवियित्री मीराबाई के लिखे दोहे पढ़तीं। मीराबाई के भजन गुनगुनाते हुए वह उनसे जुड़ी तमाम किंवदंतियों पर भी सोचा करतीं कि आखिर वह कैसी लगन रही होगी जिसने विष को भी अमृत में बदल दिया? कैसी होगी वह लौ जिसने अपने उजाले से मीराबाई के आसपास कुछ ऐसी जगमग कर दी कि फिर कोई अन्धेरा उनकी भक्ति के यश को संसार में फैलने से रोक ही न सका और मीराबाई बन गईं दुनियाभर के लोगों के लिए कृष्णभक्ति का एक अनूठा आदर्श! हालाँकि उस वक़्त तक भी विभा इस बात से अनजान थीं कि ऐसी ही एक लगन उन्हें भी लगने वाली है, उनके अन्दर की लौ का जल उठना अभी बाकी है।

जिंदगी के शुरुआती दौर में विभा ने कभी कुत्तों से प्यार नहीं किया था, हाँ उनके पति मुकेश जरूर एक डॉग-लवर थे। बचपन से विभा ने कुत्तों से डरना ही सीखा था, इसीलिए जब उनके पति ने घर में एक कुत्ता पालने का प्रस्ताव उनके सामने रखा तो विभा ने उसे यह कहकर टालना चाहा कि उनके छोटे से घर में उन तीनों के साथ घर में कुत्ते के रहने जगह ही कहाँ है? लेकिन मुकेश भी अपने इरादों के पक्के थे, एक शाम दफ्तर से वापस आकर वह अपनी पत्नी को एक सरप्राइज की बात कहकर अपने साथ बाहर ले गए। कुछ दूर चलने के बाद उन्होंने अपनी गाड़ी एक

बड़े मल्टीस्टोरी अपार्टमेंट की बिल्डिंग के बाहर रोक दी। विभा कुछ समझने की कोशिश ही कर रहीं थी कि मुकेश उनका हाथ पकड़कर उन्हें अपने साथ बिल्डिंग के अन्दर लेकर गए जहाँ एक अच्छा और बड़ा सा फ्लैट दिखाते हुए उन्होंने विभा से पूछा, "इतने बड़े फ्लैट में तो हम कुत्ते को साथ रख सकते हैं न?" विभा के पास अब न कहने का कोई बहाना बाकी था! इस तरह उनकी जिंदगी में शामिल हुआ कोको चुघ। कोको एक बीगल प्रजाति का कुत्ता था जिसने महज तीन दिनों में अपनी मासूमियत से विभा के मन को जीत लिया। कुत्तों से नफरत करने वाली विभा कोको के प्यार में पड़कर बिल्कुल ही बदल गईं। अब उन्हें सबसे ज्यादा लगाव इन बेज़ुबान मासूम जानवरों से ही था।

जिंदगी इसी तरह हँसी-ख़ुशी गुजर रही थी कि तभी एक महामारी ने सारी दुनिया को अपनी चपेट में लेना शुरू कर दिया। 2019 का वह साल अपने साथ एक ऐसी त्रासदी की दस्तक लेकर आया जिससे दुनिया का कोई भी कोना अछूता न रह सका। वह कोरोना वायरस के फैलने के दिन थे। विश्व के सभी देशों में भयानक तबाही मची हुई थी, हर तरफ से मौत की आहट से चौंका देने वाले आँकड़े सामने आ रहे थे। लोगों के मन में हर पल एक डर और आशंका पनपने लगी। अखबारों और न्यूज़ चैनल्स के आँकड़ों से इतर आस-पड़ोस के हालात भी तबाही की कहानी कहते ही नज़र आते थे। हर कोई अपने परिवार और करीबी लोगों के लिए चिंतित था। किसी न किसी तरह यह वायरस सभी के परिवार, मित्र, सहकर्मियों और सहयोगियों पर अपनी काली छाया डालने लगा था। कोरोना वायरस को फैलने से रोकने के लिए भारत समेत कई देशों ने लॉकडाउन की घोषणा कर दी थी।

ऐसे हालातों में सभी अपने-अपने घरों में ही कैद इस नई और असामान्य परिस्थिति से सामंजस्य बिठाने की कोशिश कर रहे थे। दफ्तरों और स्कूलों के साथ दुकानें भी बंद हो चुकी थीं, विभा भी उस दौरान उपलब्ध सीमित संसाधनों में ही अपने परिवार और बेटी की उचित देखभाल करने की कोशिशों में जी-जान से जुटी थीं। महामारी के उस दौर में हर कोई अपनों की सुरक्षा और उनके स्वास्थ्य के लिए बहुत ही ज्यादा सतर्क और सचेत हो गया था। ऐसे ही एक दिन रात के खाने के समय जब विभा अपनी बेटी को खिलाने के बाद अपनी खाने की प्लेट लेकर डायनिंग टेबल पर बैठीं तो एक अजीब सी आवाज ने उनका ध्यान अपनी तरफ खींचा। उन्होंने

आसपास नज़र डालकर देखा मगर उन्हें ऐसा कुछ भी दिखाई नहीं दिया, टी.वी. ऑफ था और कायना गहरी नींद में जा चुकी थी। विभा इसे अपना वहम मानकर एक बार फिर से डायनिंग टेबल पर वापस लौट आईं, लेकिन रोटी का पहला कौर तोड़ने के साथ ही वह आवाज दुबारा उनके कानों से आ टकराई।

इस बार उन्हें अहसास हुआ कि आवाज दरअसल घर के बाहर से आ रही है। ध्यान से सुनने पर पता चला कि वह किसी पशु के रोने का कातर स्वर था आँकड़े विभा ने कुछ झिझकते हुए अपनी बालकनी का दरवाजा खोलकर बाहर झाँका तो वहाँ से दिखाई देने वाले नज़ारे ने उनकी आत्मा को अन्दर तक झकझोरकर रख दिया। कुछ ही दूरी पर सड़क के आवारा कुत्तों की एक टोली भूख से व्याकुल होकर चीत्कार कर रही थी। यह वह कुत्ते थे जिनका जीवन खोमचों और होटलों की जूठन और लोगों द्वारा दिए जाने वाले बचे-खुचे खाने पर निर्भर था। लॉकडाउन की स्थिति ने इन बेज़ुबान बेसहारा जानवरों से उनका यह एकलौता सहारा और आस भी छीन ली थी। विभा के मन में अचनाक ही यह सारा परिदृश्य किसी बिजली की तरह कौंधा और वह यह सोचकर सकते में आ गईं कि यह कुत्ते न जाने कितने दिनों से इसी तरह भूख से तड़प रहे होंगे।

यह दृश्य देखकर और इसकी दारुणता को समझने के बाद वह अपने क़दमों को रोक ही न सकीं। उन्होंने अपनी थाली के खाने समेत किचन में बचा बाकी का खाना भी एक बर्तन में लिया और सीधा अपनी सोसाइटी के गेट पर जा पहुँचीं। उनके मन को बेज़ुबान कुत्तों की पीड़ा ने इस कदर बेधकर रख दिया था कि उस वक़्त का अपना सारा खाना कुत्तों के सामने परोस देने में उनके हाथ जरा भी नहीं हिचकिचाए। भूखे कुत्ते पलक झपकते ही उस खाने पर टूट पड़े और कुछ ही मिनटों के अन्दर वहाँ एक भी टुकड़ा बाकी नहीं था। खाली बर्तन अपने हाथों में थामे घर के अन्दर वापस कदम रखती विभा के मन में सुकून और चेहरे पर आत्मसंतोष के भाव थे। फिलहाल उन्होंने इंसानियत दिखाकर अपने इंसान होने का फ़र्ज़ अदा कर दिया था, लेकिन कल अपने साथ कुछ ऐसे हालात लेकर आने वाला था जिनमें विभा की इंसानियत की असली परख होना बाकी था। सोने को अभी और तपकर एक रोज़ कुंदन में बदल जाना था।

**

अध्याय : 2

खुद पर विश्वास

(Self Belief)

अगली सुबह विभा के मन में भी एक नया सवेरा लेकर आई। रोजमर्रा के कामों को करते हुए भी उनके दिमाग में रात वाली घटना के अंश बार-बार घूम जाते थे। उन्हें अपने अन्दर एक बदलाव सा महसूस हो रहा था। अब परिवार और अपनों की चिंता के साथ-साथ उनके जेहन में सड़क के बेसहारा कुत्तों की फिक्र भी अपनी जगह बना चुकी थी। आखिरकार उन्होंने निश्चय किया कि अब से वह हर रोज इन कुत्तों को भरपेट खाना खिलाया करेंगी। विभा ने रात की इस घटना के बारे में अपने पति मुकेश को भी बताया। डॉग लवर मुकेश को पत्नी में आये इस बदलाव से आश्चर्यमिश्रित ख़ुशी हुई, और उन्होंने विभा को उनके इस नेक काम में साथ देने का वादा भी किया।

बस फिर क्या था। उस दिन से रोजाना कुत्तों को खाना खिलाने का जो सिलसिला चल पड़ा वह आज तक कायम है। जानवर बेज़ुबान जरूर होते हैं, लेकिन वह प्यार की भाषा को दूर से ही पहचान लेते हैं। धीरे-धीरे विभा जी के लाए हुए खाने के इंतज़ार में रोज़ खड़े रहने वाले कुत्तों की संख्या भी बढ़ने लगी। देखते ही देखते पाँच से दस, दस से पचास और पचास से यह गिनती ढाई सौ कुत्तों तक जा पहुँची। सबसे ख़ास बात तो यह थी कि हमेशा कुत्तों से डरने वाली विभा अब उन्हें खुद अपने हाथों से एक-एक कौर खाना खिलाती थीं। उन्होंने कभी जमीन पर कुत्तों के लिए खाना नहीं डाला, और उनके खाने में पोषण का भरपूर ध्यान भी रखा। कुत्तों को सभी जरूरी पोषक तत्त्व उचित मात्रा में मिलते रहे इसके लिए वह उनके खाने में अंडे, दही, दाल और सोयाबीन जैसे आहार भी शामिल करती रहतीं।

लेकिन हर परिवार की एक व्यवस्था होती है, हर घर का अपना बजट होता है, जिससे बाहर जाकर कुछ भी कर पाना संभव नहीं हो पाता। खाने के इंतज़ार में आने वाले कुत्तों की लगातार बढ़ती जा रही संख्या ने विभा को भी सोच में डाल दिया था। हालाँकि मुकेश उनके इस मिशन में उनका भरपूर साथ दे रहे थे, लेकिन प्रति माह उनके द्वारा दिए जाने वाले 30,000 रुपए भी अब कुत्तों के खान-पान की व्यव्यथा करने के लिए कम पड़ने लगे थे। अभी वह इस उहापोह में ही पड़ी थीं कि यह सफ़र जो उन्होंने शुरू किया है उसे कायम कैसे रखा जाए कि एक दिन उनके दरवाजे पर कुछ लोग उनसे मदद माँगने आ पहुँचे। दरअसल विभा के इस अनोखे काम की चर्चा आसपड़ोस से होते हुए निठारी गाँव के लोगों तक जा पहुँची थी, और अब वहाँ के युवाओं की एक टोली अपनी उम्मीदें लिए उनके सामने खड़ी थी।

यह युवा क्रान्ति सेना, निठारी के सदस्य थे जो अपने अध्यक्ष अविनाश सिंह के नेतृत्व में विभा से निठारी गाँव के कुत्तों के लिए सहायता माँगने आए थे। अविनाश सिंह ने उन्हें बताया कि दरअसल टेरिट्री इशू यानी स्वामित्व क्षेत्र के चलते कुत्ते अपने अधिकार क्षेत्र से बाहर आकर किसी दूसरे इलाके में परोसा जाने वाला खाना नहीं खा सकते। निठारी गाँव में भी ऐसे बहुत से बेसहारा कुत्ते थे जो लॉकडाउन के चलते रोज भूख से तड़प रहे थे, लेकिन उनकी खैर-खबर लेने वाला वहाँ कोई भी न था। वह वक़्त ही कुछ ऐसा था जब इंसान अपनी और अपनों की जिंदगियाँ बचाने की जद्दोजहद में कुछ इस तरह से उलझा हुआ था कि इन बेज़ुबानों की जान की तो जैसे कोई कीमत ही नहीं रह गई थी। विभा ने युवा क्रान्ति सेना की बातें सुनीं और उन्हें हरसंभव मदद का आश्वासन भी दिया।

इसके बाद उनकी मेहनत और भी बढ़ गई, काम और भी मुश्किल होने लगा। आखिर अब उन्हें अपने आसपड़ोस के आलावा नजदीकी गाँव निठारी के कुत्तों का पेट भी जो भरना था। एक बार फिर उन्होंने हिम्मत बटोरी और कमर कसकर इस नई जिम्मेदारी को निभाने की राह पर अपने कदम बढ़ा दिए। विभा अब निठारी गाँव में भी हर रोज कुत्तों के लिए खाने-पीने की चीज़ें भेजने लगीं। अविनाश या उनकी संस्था से कोई न कोई सदस्य आकर बिना नागा उनके घर से खाना लेकर जाता और निठारी जाकर इंतज़ार में बैठे मासूम बेसहारा कुत्तों के सामने परोस देता। इस सहभावना मिशन के दौरान विभा के अविनाश और उनकी संस्था के साथ आत्मीयता और

सहयोग के रिश्ते की जो नींव पड़ी वह भविष्य में कई जिंदगियों को संवारने के लिए माध्यम का काम करने वाली थी।

अविनाश, विभा के दया और करुणा भरे स्वभाव के साथ-साथ उनके इस अनूठे काम से इतने प्रभावित हुए कि वह उन्हें अपनी बड़ी बहन का दर्जा देने लगे। संस्था के बाकी सदस्य भी उन्हें माँ कहकर बुलाने लगे। विभा के लिए यह एक नया और आत्मविभोर कर देने वाला अनुभव था, जो उन्हें आत्मिक संतोष और हार्दिक ख़ुशी देने के अलावा अपने काम को और भी ज्यादा लगन से आगे बढ़ाने के लिए प्रेरित करने लगा। नेकी के बंधन से बंधे विभा और युवा क्रान्ति सेना के सदस्य अक्सर आपस में कुत्तों की समस्याओं के बारे में विचार-विमर्श करते और उनकी भलाई के लिए नई-नई युक्तियाँ निकाला करते। इसी बातचीत के दौरान गाहे-बहागे निठारी गाँव और वहाँ के लोगों की समस्याओं का जिक्र भी आने लगा। विभा उनकी बातों को सुनती और मन ही मन वहाँ के लोगों की जीवनशैली और उन कठिनाइयों के बारे में सोचने लग जातीं जिनका सामना निठारी के निवासी अपनी रोजमर्रा की जिंदगी में कर रहे थे।

कोमल ह्दय वाली विभा के मन के किसी न किसी कोने में निठारी की जनता के लिए भी सहानुभूति पनपने लगी। अपने घर की सुरक्षित और सुविधासम्पन्न चारदीवारी में रहते हुए भी वह खुद को उन जरूरतमंद लोगों से जुड़ता हुआ सा महसूस करने लगीं। वह इन सभी बातों पर जितना विचार करतीं, भावनाओं की उतनी ही गहरी पैठ उनके मन में बनती चली जाती। धीरे-धीरे निठारी की जनता का दर्द पीड़ा बनकर उन्हें कचोटने लगा और उनकी मदद करने का विचार भी विभा के मन में पनपने लगा। हालाँकि अभी वह इस बात से बिल्कुल अनजान थीं कि यह सब किस तरह से संभव हो सकेगा? लेकिन विभा के सामने अब एक नया आयाम खुलने वाला था जो उनके लक्ष्य की परिधि बढ़ाकर उनकी क्षमताओं को चुनौती देने के लिए तैयार था।

**

निठारी की महिलाओं के साथ विभा का प्रेम-भाव

अध्याय : 3

जीवटता

(Resonance)

अविनाश से बातचीत के दौरान विभा के सामने कोरोना महामारी से जुड़े कुछ ऐसे तथ्य सामने आए जो उस आपाधापी और संघर्ष के माहौल में कहीं अनदेखे से ही रह गए थे। दरअसल हमारे देश की जनता में एक तबका ऐसा भी था जो गरीबी रेखा से ऊपर होते हुए भी अभावग्रस्त था। यह वह लोग थे जो छोटी-मोटी नौकरियों या व्यवसायों के सहारे अपना और अपने परिवार का पालन पोषण कर रहे थे। छोटे स्कूलों के टीचर, पार्लर में काम करने वाली महिलाएं, दुकानों पर मदद करके आजीविका कमाने वाले नवयुवक इसी कड़ी का हिस्सा थे। अचानक हुए इस लॉकडाउन ने उन सभी से उनकी रोजी-रोटी का जरिया ही छीन लिया था। समाज का यह वर्ग मुफ्त में मिलने वाले लंगर या खाने के पैकेट पर निर्भर रहने को अपनी हीनता समझता था और उस समय की परिस्थितियों में काम का कोई जरिया उनके सामने बाकी न रहा था।

संघर्ष का आलम यह था कि एक तरफ तो सरकार की नज़रों में भी यह लोग गरीब नहीं थे तो दूसरी तरफ जीवनयापन में आने वाली मुश्किलें इन्हें अन्दर तक तोड़ रही थीं। रोजमर्रा की चीज़ों की आपूर्ति कर पाना ही दूभर हो रहा था, उस पर अगर परिवार का कोई सदस्य बीमार पड़ जाए तो लेने के देने ही पड़ जाते थे। हालात यह हो चुके थे कि दैनिक आवश्यकताओं की चीज़ों और दवाइयों का मिलना भी दिन-ब-दिन मुश्किल होता जा रहा था। इन दिनों बाजार में भी एक अजीब सा चलन देखने में आया, आपदा से घबराए लोग अपने घरों में राशन और बाकी जरूरत के

सामानों को अपनी जरूरत से भी ज्यादा इकट्ठा करने में जुट गए। नतीज़ा यह हुआ कि कुछ घरों में तो अगले कई महीनों का राशन जमा हो गया, तो वहीं कई परिवारों की थाली में दो वक़्त का खाना पहुँचना भी मुश्किल का सबब बन गया।

यह सारी बातें सुनते और समझते हुए विभा ने महसूस किया कि कभी-कभी जीवन के संघर्ष में ठोकरें खाते हुए इंसान का दर्द भी इस हद तक बढ़ जाता है कि वह अपनी मुश्किलों के बारे में कुछ भी कहने-सुनने की क्षमता ही खो बैठता है। हताशा और निराशा अन्दर ही अन्दर दीमक की तरह उसकी हिम्मत और विश्वास को खोखला बनाने लगती हैं। कहीं न कहीं वह अपने हालात से हारकर उनसे समझौता करके अपनी परिस्थिति को ही अपनी नियति मान बैठता है। निठारी एक भरा-पूरा गाँव था, वहाँ रहने वाले सभी परिवारों के हर एक सदस्य को रोज भोजन उपलब्ध कराना किसी एक व्यक्ति के बस की बात नहीं थी। ऐसे में उन सभी गाँव वालों की मदद करना अपने आप में काफी चुनौतीपूर्ण लक्ष्य था। लेकिन विभा ने तो हमेशा चुनौतियों भरी राह पर चलकर ही अपनी हर जीत को संभव बनाया था। एक बार फिर उनके सामने ऐसा ही काम था जिसे उन्हें अपने जज्बे से बखूबी अंजाम देना था।

जिन दिनों लोग स्वार्थवश मुहँमाँगे दामों पर खरीदकर अपने घरों में खाने-पीने की वस्तुओं से लेकर दवाइयों तक हर एक जरूरी चीज़ का स्टॉक जमा कर रहे थे, विभा जी ने अपने हिस्से के राशन को भी कुत्तों की थाली में परोसना चुना। कुत्तों की हरसंभव मदद करने के लिए उन्होंने वह सभी कदम उठाए जिनके बारे में पहले कभी उन्होंने सपने में भी नहीं सोचा था। ज़ाहिर है कि निठारी के निवासियों की तकलीफ ने भी उनके ह्रदय को कुछ इस तरह से द्रवित कर दिया कि वह अपने क़दमों को रोक ही न सकीं और आखिरकार मानवता की यह पुकार उन्हें निठारी गाँव तक खींचकर ले गई। उन्होंने फैसला किया कि वह खुद जाकर निठारी के लोगों से मिलेंगी और उनके दुःख-सुख बाँटेंगी।

धरातल पर काम करने वालों को न तो मुश्किलें डराती हैं और न ही कोई आँकड़े भरमाते हैं। विभा को भी कई लोगों ने कहा कि यह सब काम तो सरकार के साथ-साथ कई नॉन-प्रॉफिट ऑर्गेनाईजेशन्स पहले से ही कर रही हैं, ऐसे में उन्हें इन्फेक्शन का ख़तरा मोल लेकर इतनी तकलीफ उठाने की जरूरत ही क्या है? लेकिन अपने अब तक के अनुभवों से विभा ने जीवटता का कुछ ऐसा सबक सीखा था कि कोई

भी किन्तु-परन्तु उन्हें अपने निश्चय से डिगाने में सक्षम नहीं था। वह अपने मन में ठान चुकी थीं कि हरसंभव तरीके से उन्हें निठारी की जनता की मदद के लिए अपना हाथ बढ़ाना ही है। किसी भी विपदा की घड़ी में आमतौर पर लोग सरकार और सामाजिक संस्थानों को व्यवस्था और मदद के लिए पूरी तरह से जिम्मेदार मान बैठते हैं। इतना ही नहीं हाथ पर हाथ रखे लोग कोई भी अव्यवस्था दिखाई देते ही उसका ठीकरा भी सरकार और संस्थाओं पर ही फोड़ने में ज़रा सी भी देर नहीं लगाते।

बदलाव लाने की बड़ी-बड़ी बातें तो सभी करते हैं, लेकिन अपने स्तर पर बदलाव के उन क्रांतिकारी भाषणों पर अमल करना हर किसी को भारी पड़ता है। विभा ने सोच लिया था कि उन्हें इसी मानसिकता को बदलकर दिखाना है। कॉलेज के दिनों में उन्होंने दुष्यंत कुमार की कविताएँ खूब पढ़ी थीं, अब वही शब्द उनके मन में एक नई प्रेरणा और विश्वास जगा रहे थे।

***"कौन कहता है आकाश में सूराख़ हो नहीं सकता
एक पत्थर तो तबीयत से उछालो यारो"***

विभा का वक़्त अब हर पल निठारी गाँव के लोगों की फ़िक्र में कटने लगा। वह जल्द से जल्द उन तक पहुँचकर उनके दर्द को अपना लेना चाहती थीं। उनके मन में कई तरह के ख़याल आते और वह नए-नए मंसूबे बनातीं कि कैसे भी, किसी भी जरिए से वह उन लोगों की मदद कर सकें। उनके प्रयासों से अगर गाँववालों की तकलीफों का कोई एक छोटा सा हिस्सा भी कम हो सके तो यह उनके विचलित मन को आत्मसंतोष की राहत देने वाली बात साबित होगी। विभा का यह ख़याल आगे चलकर कितने बड़े विजन के रूप में फलने-फूलने वाला था, इसका उन्हें कोई आभास तक न था। इंसान अपनी आँखों से अपने सामने घटने वाली घटनाओं को ही देख सकते हैं, भविष्य के गर्भ में छिपे कारनामों को देखने की दूरदृष्टि प्रकृति ने उन्हें नहीं दी है। विभा का भविष्य भी समय के साथ-साथ परत दर परत ही उनके सामने खुलने वाला था।

**

अध्याय : 4

समानुभूति

(Empathy)

किसी के दर्द को महसूस करना अलग बात होती है और उस दर्द को अपना दर्द बना लेना एकदम अलग! विरले ही लोग ऐसा कर भी पाते हैं। आखिरकार वह दिन आ ही गया जब विभा ने अविनाश और उनके साथियों के साथ निठारी की जमीन पर अपना पहला कदम रखा। निठारी गाँव में कदम पड़ते ही विभा जी की पारखी निगाहों से वहाँ की महिलाओं की गरीबी और उनकी समस्याएँ न तो छिपी रह सकीं, और न वह उनकी तकलीफों को अनदेखा ही कर पाईं। यहाँ रहने वाले लोग गरीब और परेशान जरूर थे, लेकिन मुश्किल हालातों के बीच भी उन्होंने अपना आत्मसम्मान नहीं खोया था। मुफ्त में मिलने वाली मदद स्वीकार करने या किसी की दया का पात्र बनने में उन्हें अभी भी हिचकिचाहट थी। यहाँ तक कि अपनी तकलीफ किसी से बाँटना भी उन्हें गवारा न था।

दरअसल निठारी में रहने वाले ज्यादातर लोग वह थे जो गोंडा, बस्ती, बलिया और बिहार जैसे दूर-दराज़ के इलाकों से आजीविका की तलाश में यहाँ आकर बस गए थे। जाहिर है कि उनका पारिवारिक माहौल और सामाजिक मूल्य शहरी जीवन से बिलकुल अलग और हटकर थे। अपने दायरे से बाहर के लोगों से मेल-जोल बढ़ना उन्हें बिलकुल भी रास नहीं आता था, इसके लिए काफी हद तक उनके निजी अनुभवों के साथ-साथ पीढ़ी-दर-पीढ़ी चली आ रही संकीर्ण मानसिकता को भी जिम्मेदार माना जा सकता था। ऐसे माहौल में निठारी जाकर वहाँ के निवासियों की किसी भी तरह से मदद कर पाना वाकई टेढ़ी खीर ही था। विभा के मिशन का पहला

कदम गाँववालों के बीच जाकर उनके समीकरण को समझना और उसमें शामिल होना था।

इस काम में अविनाश और उनके साथियों ने बखूबी विभा का साथ निभाया। वह न सिर्फ उन्हें अपने साथ निठारी लेकर गए बल्कि वहाँ रहने वाले लोगों को विभा और उनके आने के उद्देश्य से कुछ इस तरह परिचित करवाया जिससे ज्यादा से ज्यादा लोग न सिर्फ उनसे जुड़ाव महसूस करने लगें बल्कि उन पर भरोसा भी कर सकें। उस छोटी सी मुलाक़ात में ही गाँव की काफी महिलाएँ विभा के हँसमुख और सरल स्वभाव के कारण जल्द ही उनसे घुल-मिल गईं। यहाँ तक कि कुछ लोगों ने तो उन्हें अपने घर खाने पर भी आमंत्रित कर दिया। ऐसे ही एक घर में बैठी विभा उस परिवार के लोगों के हालचाल जानते हुए उनका दुःख-सुख बाँट रही थीं, कि तभी उन्होंने कुछ ऐसा दृश्य देखा जिसे याद करके आज भी उनकी आँखें भर आती हैं।

दरअसल यह वाकया ही कुछ ऐसा था कि देखने वाले की आत्मा को झकझोरकर रख दे। विभा जिस घर में बैठकर उस परिवार की गृहणी से बातचीत में मगन थीं, वह अपने बच्चों के लिए शाम की रोटियों का आटा गूँथ रही थी। लेकिन उनकी आँखें तब आश्चर्य से फटी की फटी रह गईं जब उस महिला ने एक कटोरी आटे में आधा कटोरी लाल मिर्च डालकर उसकी रोटियाँ बनाने की तैयारी करने लगी। हैरान विभा ने उस महिला से इसका कारण पूछते हुए उसे चेताया कि इतनी ज्यादा मिर्च तो बच्चे की सेहत के लिए नुकसानदायक हो सकती है। इस पर महिला की ओर से मिले जवाब ने उन्हें निरुत्तर ही नहीं बल्कि सन्न ही कर दिया। उसका कहना था कि सेहत के बारे में तो वह फिलहाल सोच भी नहीं पा रही, हाँ इतना जरूर है कि इतनी मिर्च डालने से उसका बच्चा आज के खाने में दूसरी रोटी नहीं माँग पाएगा।

यहाँ से शुरू हुआ एक-दूसरे के दर्द बाँटकर एक-दूसरे का सहारा बनने का सिलसिला। अब कहने-सुनने को कुछ बाकी ही न रहा था, कोशिश करने और कुछ कर गुजरने की घड़ी नजदीक आ गई थी। डबडबाई आँखों से विभा ने किसी तरह अपनी भावनाओं पर काबू पाते हुए यह निश्चय किया कि वह मुसीबत में फँसे निठारी के इन निवासियों की मदद जरूर करेंगी। साथ आए अविनाश और उनके साथी भी विभा की मनोदशा और उनके मन में चल रहे भावुकता के तूफ़ान को भाँप गए थे, उन्होंने भी अपनी तरफ से इस काम में हर संभव मदद का आश्वासन दिया। हालाँकि

अभी किसी को भी यह अंदाजा न था कि यह सब किस तरह से संभव हो सकेगा, और रास्ते में आने वाली अटकलों का सामना आखिर कैसे किया जाएगा? लेकिन कहते हैं न कि जहाँ चाह है वहाँ राह है।

विभा ने भी अपने अनुभवों को आधार बनाकर जमीनी स्तर से कुछ शुरुआत करने का मन बनाया। इतिहास की किताबों में पढ़ा गया सबक एक बार फिर उनकी यादों में ताज़ा हो उठा कि किसी भी समाज की दिशा और दशा उस समाज में महिलाओं की स्थिति पर निर्भर करती है। एक महिला का आत्मनिर्भर बनना सिर्फ एक व्यक्ति का सशक्त होना नहीं, बल्कि एक पूरे परिवार में बदलाव की बयार आना साबित होता है। यही सोचकर उन्होंने निठारी की महिलाओं को अपने इस अभियान का माध्यम बनाने का निश्चय किया। अब सवाल यह उठा कि लॉकडाउन के माहौल में आखिर ऐसा क्या जरिया निकाला जाए जिससे यह महिलाएं आत्मसम्मान के साथ आत्मनिर्भर बनने की दिशा में अपने कदम बढ़ा सकें? ऐसे माहौल में जब जमे-जमाए रोजगार के साधन और व्यापार भी बंद पड़े थे, यहाँ तक कि घरों से बाहर निकलने की भी मनाही थी, कोई भी नई शुरुआत करना बहुत ही मुश्किल और जोखिम भरा काम था। लेकिन चुनौतियों को अपना हमराह और हमसफ़र मान चुकी विभा ने अपने बेफिक्र और बेपरवाह अंदाज़ में इस नए सफ़र का भी आगाज़ कर दिया।

विभा की योजना का पहला पड़ाव था निठारी की महिलाओं की योग्यताओं और क्षमताओं का आंकलन। जिसके लिए उन्होंने अविनाश और उनके साथियों के सामने उनकी मदद से गाँव में एक सर्वे करने का विचार रखा। आनन-फानन में एक बड़े लक्ष्य तक ले जाने वाली सभी छोटी-छोटी सीढ़ियों का खाका खींचा जाने लगा। यह सखा- एक पहल के ब्लूप्रिंट तैयार होने का दौर था, जो आने वाले समय में अपनी एक अलग पहचान बनाकर बहुत ही मजबूत तरीके से अपनी उपस्थिति दर्ज कराने वाला था। एक कारवाँ नई राहों पर निकल पड़ने को तैयार हो रहा था, एक-एक कदम बढ़ाकर मंजिल तक का सफ़र तय करने की शुरुआत हो चुकी थी। बस अभी बहुत से मोड़ों से गुजरना बाकी था।

**

काम की लगन में डूबी सखा-एक पहल की महिलाएं

अध्याय : 5

सहजीवन की धारणा

(Co-existence)

कहते हैं कि हर इंसान के अन्दर कोई न कोई खूबी जरूर छिपी होती है, कुदरत सबको उनके हिस्से का हुनर बाँटकर ही उन्हें इस धरती पर भेजती है। निठारी गाँव में किये गए सर्वे से कुछ बेहद रोचक तथ्य विभा के सामने आए। गाँव में रहने वाली लगभग हर महिला को सिलाई और कढ़ाई के साथ-साथ क्रोशिया की भी जानकारी थी। इन्टरनेट क्रान्ति के आने से पहले सिलाई-कढ़ाई और बुनाई आदि ही महिलाओं और लड़कियों के बीच समय काटने के प्रचलित माध्यम हुआ करते थे। स्वयं विभा के बचपन में उनकी दादी और माँ स्कूल-कॉलेज की छुट्टियों के दौरान उन्हें यह सब काम सीखने के लिए प्रेरित किया करती थीं। उनकी माँ जहाँ बुनाई की कला में माहिर थीं तो वहीं बढ़ती उम्र के बावजूद क्रोशिया की सलाइयाँ चलाने में उनकी दादी का आस-पड़ोस में कोई मुकाबला न था। इस तरह सिलाई-बुनाई और क्रोशिया से विभा का पहला परिचय बचपन और किशोरावस्था के दौरान अपने घर में ही हो गया था।

बाद के दिनों में पति मुकेश चुघ के साथ यूरोप प्रवास के दौरान उन्होंने इन कलाओं के अंतर्राष्ट्रीय स्तर पर महत्त्व और माँग को भली-भाँति देखा और समझा था। उन्हें अच्छी तरह से पता था कि पेरिस के बाजार में हाथ से बने यानि हैंडमेड सामानों और हाथों से बुने हुए क्रोशिया के पीस की कितनी क़द्र और कीमत है। निठारी की महिलाओं ने कभी सपने में भी नहीं सोचा होगा कि उनके हाथों में एक ऐसा हुनर समाया हुआ है जिसे अगर निखारकर सही तरीके से पेश किया जाए तो वह न सिर्फ देश में बल्कि विदेशों तक भी उन्हें पहचान दिला सकता है। इतना ही

नहीं, सामान्य सा दिखने वाला क्रोशिया का काम उनकी आजीविका का माध्यम बनकर उन्हें आत्मनिर्भर बनाने में एक मजबूत संबल के रूप में इस्तेमाल हो सकता है। हालाँकि यह कर दिखाना इतना आसान नहीं था।

विभा ने जो योजना बनाई थी उसके क्रियान्वित होने के रास्ते में कई सारी अड़चनें थीं, जिनमें निठारी के परिवारों की मानसिकता, महिलाओं के क्रोशिया ज्ञान का सीमित होना और काम करने के लिए जगह का अभाव आदि मुख्य थे। वह महिलाएं क्रोशिया चलाना तो जानतीं थीं, लेकिन उनकी बुनाई के तौर-तरीके अभी भी सदियों पुराने थे। लगातार बदलते ट्रेंड्स के दौर में बड़े-बड़े फैशन ब्रांड्स के बीच अपनी पहचान बनाने और बाजार में टिके रह पाने के लिए उनकी जानकारी और कौशल को निखारना बेहद जरूरी था। सभी महिलाओं को सही तरीके से ट्रेनिंग देने के लिए एक ऐसी जगह की जरूरत थी जो सबकी पहुँच में तो हो ही, जहाँ सभी को एक-साथ बैठकर सीखने और अभ्यास करने में कोई मुश्किल भी न आए। शुरूआती दौर में ऐसी किसी भी जगह का इंतजाम न हो सकने के कारण विभा कभी किसी गली, तो कभी किसी पार्क में अपनी बैठक जमातीं। महिलाओं को आत्मनिर्भर बनाने का जूनून उन्हें इस कदर सवार था कि कभी-कभी तो वह निठारी की किसी सड़क के किनारे ही खाट बिछाकर अपना काम शुरू कर दिया करतीं! धीरे-धीरे उनके काम की चर्चा गाँववालों के बीच फैलने लगी।

इस काम में युवा क्रांति सेना के अध्यक्ष अविनाश और उनके साथियों ने विभा का बखूबी साथ निभाया। वह लोग गाँव की महिलाओं की सुविधा के लिए उनके घरों तक ऊन पहुँचाते थे, जिसके बाद विभा फ़ोन पर उन्हें काम से सम्बन्धित जरूरी दिशा-निर्देश दिया करतीं और जब क्रोशिया के प्रोडक्ट्स बनकर तैयार हो जाते तो अविनाश और उनके साथी घर-घर से उन्हें इकट्ठा करके विभा के हाथों में सौंप दिया करते। हालाँकि यह तरीका बहुत ही थका देने वाला साबित हो रहा था और कई बार महिलाएँ फ़ोन पर काम को ठीक तरह से समझ पाने में भी असमर्थ रहा करती थीं। इन मुश्किलों का असर कई बार काम में होने वाली देरी या फिर डिजाइन्स के मन मुताबिक़ न बन पाने के रूप में झेलना पड़ता था। इसीलिए विभा को अब एक ऐसी जगह की तलाश थी जहाँ सभी महिलाएँ एकसाथ बैठकर अपने काम को सुचारू रूप से अंजाम दे सकें।

बड़ी मशक्कतों के बाद आखिरकार उन्हें निठारी गाँव में ही एक ऐसी जगह मिल ही गई जहाँ से रखा गया सखा-एक पहल की नींव का पहला पत्थर। गाँव की महिलाओं ने जब उस जगह को देखा तो उनकी आँखों में आने वाले कल के सुनहरे सपने झिलमिलाने लगे। सखा-एक पहल के काम के लिए मिली इस जगह ने छोटा और सामान्य होने के बावजूद विभा की टीम में एक अलग ही उत्साह का संचार कर दिया। आखिर महिला कारीगरों के पास अब एक ऐसा स्थान था जिसे वह अपना दफ्तर कह सकती थीं और जो उनकी पहचान से जुड़कर उनके आत्मविश्वास को बढ़ा रहा था। विभा के डॉग लव के बारे में तो सभी जानते ही थे, काम के दौरान भी अक्सर कुत्तों से जुड़ी चर्चा छिड़ जाया करती थी। विभा उन्हें प्राचीन काल से कुत्तों और इंसानों के बीच के अनोखे बंधन के बारे में बताया करतीं।

वह वेद-पुराणों और भारतीय संस्कृति के ऐसे-ऐसे उदाहरण पेश करतीं कि अगर किसी के मन में कुत्तों के लिए ज़रा सा भी डर समाया होता तो वह उनकी बातें सुनकर उड़न-छू हो जाता। धीरे-धीरे टीम की महिलाओं का भी इन बेज़ुबान प्राणियों से लगाव बढ़ने लगा, और वह भी उनके लिए कुछ योगदान करने की सोचने लगीं। ऐसे में एक दिन सभी की सहमति से यह प्रस्ताव बना कि सखा-एक पहल में महिलाओं के काम से होने वाली आमदनी में से कुछ पैसे नियमित तौर पर स्वेच्छा से कुत्तों के लिए दिए जाया करेंगे। इस तरह विभा जी ने इन महिलाओं की कला को उनके रोजगार का साधन बनाया, और इस कमाई का एक हिस्सा कुत्तों के खाने और उनकी देखभाल के काम भी आने लगा। विभा के प्रयासों से जो लौ जगी थी उसकी रोशनी अब निठारी के हर घर तक फैलने लगी थीं। महिलाएँ दिन-ब-दिन पहले से अधिक सचेत, सतर्क और जागरूक होती जा रहीं थीं। वह दिन नज़दीक आने लगा था जब इस अलख की धुन दुनिया भर में सुनाई देने वाली थी, विभा को अब मीरा के मगन हो जाने का रहस्यमय सार समझ में आने लगा था!

**

सखा ने दिखाया महिलाओं को आत्मनिर्भरता का पथ

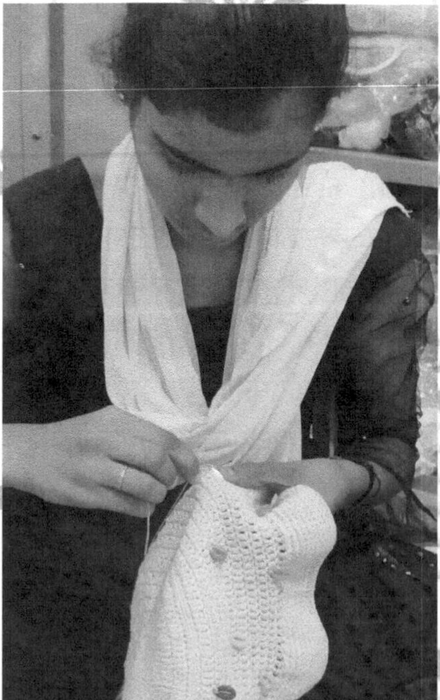

अध्याय : 6

निरंतरता

(Sustainability)

विभा जी के प्रयासों से ज़रा सी पूँजी और मुट्ठी भर महिलाओं के साथ शुरू हुआ यह प्रोजेक्ट धीरे-धीरे मजबूती से अपने कदम जमाने लगा। अक्टूबर 2020 से चलाई गई इस मुहिम के शुरूआती दौर में सिर्फ पाँच महिलाएँ शामिल थीं, जिनकी संख्या धीरे-धीरे बढ़ते हुए 70 तक पहुँच चुकी थी। महिलाओं के प्रयासों को पहचान दिलाने और उनके भविष्य को सुनिश्चित करने की सोच के चलते विभा ने 2021 में सखा-एक पहल को नॉन-प्रॉफिट आर्गेनाईजेशन यानी गैर-लाभकारी संस्था या गैर-व्यावसायिक संस्था के रूप में रजिस्टर भी करा दिया। सखा की टीम द्वारा बनाया गया पहला प्रोडक्ट था महिलाओं के कोमल पैरों को ठण्ड से बचाने के काम आने वाली हाथ से बुनी गई सुन्दर बूटीज! सिलाई पर बुनने का काम देखने में जितना खूबसूरत लगता है, उसे बनाने में उससे कई गुना ज्यादा मेहनत और धैर्य की जरूरत होती है। जाहिर है कि महिलाओं के उस छोटे से समूह ने दिन-रात मेहनत करके जो कुल 350 बूटियाँ बनाई थीं, वह उनकी लगन और दृढ़ संकल्प का ही नतीज़ा थीं।

विभा क्रोशिया की कला से अपरिचित तो नहीं थीं, लेकिन बाजार में अपने प्रोडक्ट्स उतारने के लिए लगातार बदलते ट्रेंड्स और उपभोक्ताओं की माँग को समझने की आवश्यकता थी। ऐसे में उन्होंने टेक्नोलॉजी का सहारा लिया और अपने दिन का एक बड़ा हिस्सा वह इन्टरनेट पर क्रोशिया से जुड़ी जानकारियों और

अपडेट्स को देखने में बिताने लगीं। यूट्यूब पर उन्हें क्रोशिया से जुड़े कई आसान और दिलचस्प वीडियोज मिले जिनमें दी गई जानकारी को उन्होंने अपने तरीके से सरल भाषा में निठारी की महिलाओं को समझाना शुरू किया। पहले तो टीम के सदस्यों को नई तकनीकें सीखने-समझने में थोड़ी-बहुत हिचकिचाहट और असुविधा हुई, लेकिन धीरे-धीरे महिलाओं में भी अपनी कला को निखारने की उत्सुकता जागने लगी और वह नए-नए डिजाइन्स और पैटर्न्स पर प्रयोग करने लगीं। बस फिर क्या था, एक-एक करके सखा-एक पहल ने बहुत सारे प्रोडक्ट्स लॉन्च किए।

सखा के बैनर तले बुने जाने वाले प्रोडक्ट्स में डॉग स्वेटर, सोफा कवर, मफलर, मिटंस, लेग वार्मर, टेबल रनर, और बूटीज तो मुख्य थे ही, आधुनिक उपभोक्ताओं की माँग को ध्यान में रखते हुए पोंचू, स्कर्ट, और बिकनी जैसे फैशन और स्टाइल स्टेटमेंट भी लॉन्च किए गए। इतना ही नहीं बच्चों के लिए सखा की ओर से एक स्पेशल रेंज निकाली गई जिसमें क्रोशिया से बुने हुए सुन्दर फ्रॉक्स, मखमली कम्बल और नर्म-मुलायम मोजों के अलावा मनभावन लुभावने खिलौने भी शामिल थे। सखा-एक पहल बाजार में न सिर्फ हाथ से बुने डॉग स्वेटर्स बनाने वाली पहली भारतीय कंपनी बनकर उभरी, बल्कि यहाँ बनने वाले अनूठे और अलबेले क्रोशिया के खिलौनों के लिए देश के बाहर से भी ऑर्डर्स आने लगे। महिलाओं की टीम में सदस्यों की संख्या भी बढ़कर अब 80 तक पहुँच गई थी, काम की तरक्की होने के साथ-साथ ऑर्डर्स को समय पर पूरा करने का दवाब भी बढ़ने लगा था।

महिला सदस्यों के अलावा उस दौरान सखा की छत के नीचे लगभग 4 कुत्तों ने भी आश्रय लिया हुआ था। इस तरह सखा का दफ्तर सहजीवन की अनोखी धारणा का पुख्ता सबूत देने वाली मिसाल बन गया। विभा ने जो सपने देखे थे उन सभी में धीरे-धीरे हकीकत के रंग भरते जा रहे थे। जगह-जगह उनके काम की चर्चा होने लगी थी, उनके प्रयासों की काफी सराहना भी हो रही थी। लेकिन विभा के लिए तो जैसे यह सब महज एक शुरुआत ही थी, उनके दिल-ओ-दिमाग में एक बड़ा लक्ष्य एक बड़ा विजन पल रहा था, जिसे सफल बनाने के लिए अभी बहुत कुछ किया जाना बाकी था। एक बात जो विभा को सबसे ज्यादा खटकती थी वह थी कुत्तों को लेकर समाज में फैली नकारात्मकता। टी.वी. और फिल्में हो या फिर कोई विज्ञापन, हमेशा हर जगह कुत्तों को खतरनाक और हानिकारक बनाकर ही पेश किया जाता था।

मीडिया में दिखाई गई नुकीले दाँतों और गुस्सैल चेहरे वाली कुत्तों की छवि उन्हें फूटी आँखों नहीं सुहाती थी। वह इस नज़रिए में बदलाव लाना चाहती थीं।

गाहे-बगाहे उन्हें अपने जीवन का वह शुरूआती दौर याद आता रहता जब वह भी कुत्तों से डरा करतीं थी और उनसे दूर रहने में ही अपनी भलाई मानती थीं। लेकिन कोको चुघ और फज़ चुघ के उनके परिवार में शामिल होने के बाद न सिर्फ उनकी यह धरणा पूरी तरह से बदल गई बल्कि अब तो उन्हें कुत्तों के बिना अपना परिवार और जीवन ही अधूरा लगने लगा था। आज भी उन्हें वह दिन अच्छी तरह से याद था जब उनके हमसफ़र मुकेश बीगल प्रजाति के नन्हें से कोको को घर लेकर आए थे। कोको ने विभा के मन में बसे मातृत्व के तारों में एक ऐसी अनोखी झंकार पैदा कर दी थी कि वह उस पर अपने जन्मे बच्चे की तरह ही प्यार और दुलार बरसाने लगीं। तीन साल होते-होते तो वह खुद को पूरी तरह से कोको की माँ के रूप में देखने लगीं थीं।

ऐसा ही कुछ किस्सा फ़ज से भी जुड़ा हुआ था। विभा की नज़र फ़ज पर उस समय पड़ी जब वह किसी काम से बाहर जा रहीं थीं। दो महीने का यह नन्हा-मुन्ना इंडी डॉग लावारिस और खस्ता हालत में एक नाली में पड़ा हुआ था। उसकी स्थिति को देखकर विभा से रहा न गया और अपने कपड़ों की परवाह किये बिना उन्होंने न सिर्फ खुद अपने हाथों से उसे नाली के बाहर निकाला बल्कि गोद में उठाकर ही उसे अपने घर तक भी लेकर गईं। यही फ़ज आज भी परिवार का एक अटूट हिस्सा बनकर विभा के घर में उनके साथ रहता है। कुत्तों के इसी संघर्ष को देखते-समझते और महसूस करते हुए उन्होंने अपने कैम्पेन को स्लोगन दिया “वोइस फॉर वोइसलेस” यानि कि “बेज़ुबानों की आवाज़”! वह अपने इस सन्देश को दुनिया के हर कोने-कोने तक पहुँचा देना चाहतीं थीं।

इतिहास और धर्म की किताबें पढ़ते हुए विभा के मन में अक्सर यह ख़याल आता कि जिस देश में पशु-पक्षियों और मनुष्यों का सहजीवन संस्कृति का हिस्सा रहे हों वहाँ के लोगों के मन में किसी बेज़ुबान निरीह प्राणी के प्रति इतनी नकारात्मकता आखिर पनपी तो कैसे? हमारे धर्म-ग्रंथों और पौराणिक कहानियों पर नज़र डालें तो हर एक देवी-देवता ने किसी न किसी पशु या पक्षी को अपना आश्रय और आशीर्वाद देकर उनका मान बढ़ाया है। शिव का वाहन नंदी हो, कार्तिकेय का मोर, ज्ञान की देवी सरस्वती का हँस हो, दुर्गा माँ की सवारी सिंह हो या कान्हा की दुलारी गाय, हर दैवीय

गाथा में कोई न कोई पशु-पक्षी अवश्य अपनी उपस्थिति दर्ज कराता है। कुत्तों को तो स्वयं भैरव देवता का वाहन माना गया है। आधुनिकता की दौड़ और संचार माध्यमों से मिलने वाले भ्रम ने देश की जनता को उसकी मौलिकता से दूर करके एक अजीब से भ्रमजाल में उलझा दिया है। भौतिकवाद की चकाचौंध में इंसान प्रकृति से अपने सम्बन्ध और पारिस्थितिक तंत्र को तो जैसे बिल्कुल ही भूल चुका है।

विभा सहजीवन के इसी सिद्धांत को एक बार फिर लोगों के मन में बसाना चाहती थीं। इस मिशन की पहल उन्होंने जरूर अकेले की थी, लेकिन अब उनके पास अपनी टीम का साथ और संबल था। जोश दो-गुना हो चुका था और जिम्मेदारी चार गुनी। विभा के मन में अब कुत्तों की देखभाल के साथ-साथ महिलाओं के उत्थान और सशक्तिकरण के विचार भी लगातार चलते रहते थे। सखा- एक पहल के सभी प्रोडक्ट्स पूरी तरह से हैण्डमेड होने के कारण उनकी मौलिकता और रचनात्मत्कता को काफी सराहना भी मिली। जगह-जगह से विभा को तारीफों के मैसेज और नए ऑर्डर्स के लिए फ़ोन कॉल्स आने लगे। टीम की चार महिलाओं को महीने की निश्चित सैलरी भी मिलने लगी थी, और बाकी सभी महिला कारीगरों को अपने बनाए प्रोडक्ट्स की बिक्री होने पर उसमें से अपना हिस्सा भी मिलने लगा। सभी महिलाएँ अब अपने काम और उससे मिल रहे नतीजों से बेहद खुश नज़र आ रहीं थीं।

सखा की धारणा विभा के लिए महज एक काम न होकर किसी बच्चे को पाल-पोसकर बड़ा करने जैसी निस्वार्थ भावना वाले लक्ष्य की तरह थी। वह अपने उद्देश्य में नित नए पड़ाव जोड़ती रहतीं जिन्हें पार करते हुए उनका मन आत्मसंतोष से भर उठता। इसी सिलसिले में उन्होंने कुत्तों को रिफ्लेक्टिव कॉलर्स पहनाए जाने की मुहिम भी चलाई। अगर हम अपने आस-पड़ोस की हलचलों पर नज़र डालें तो लगभग रोज़ ही किसी न किसी इलाके में कोई न कोई कुत्ता सड़क दुर्घटनाओं का शिकार हो जाता है। ज्यादातर ऐसा वाहनों की तेज़ रफ़्तार या रात के अँधेरे में ड्राइवर की नज़र कुत्तों पर न पड़ने के कारण होता है। ऐसी अनहोनियों से बचने के लिए रिफ्लेक्टिव कॉलर्स काफी मददगार साबित होते हैं, जो रात के अँधेरे में भी दूर से ही चमकते हैं और उन्हें पहने हुए कुत्ते के किसी भी दुर्घटना के शिकार बनने की संभावना न के बराबर रह जाती है। इन कॉलर्स के अलावा विभा ने कुत्तों की जनसंख्या नियंत्रित करने के

उपायों और उन्हें एंटी-रैबीज इंजेक्शन लगाने की दिशा में भी प्रयास शुरू कर दिए थे।

विभा चाहतीं थीं कि महिलाओं के माध्यम से सखा-एक पहल के सहजीवन का यह सन्देश हर घर और परिवार के बच्चे-बच्चे तक अपनी पहुँच बनाए। वह आने वाली पीढ़ी को इस धारणा से जोड़कर यह सुनिश्चित कर देना चाहती थीं कि कुत्तों से लगाव और सद्भावना की यह लहर भविष्य में किसी भी हालात में कम न हो बल्कि दिन-प्रतिदिन इसमें बढ़ोत्तरी ही होती रहे। सारी कड़ियाँ अब उनके सामने ही थीं, बस उन्हें मजबूती के साथ जोड़ा जाना बाकी था।

**

अध्याय : 7

महिला सशक्तिकरण

(Woman Empowerment)

समाज में बदलाव लाने की बड़ी-बड़ी बातें तो न जाने कितने लोग करते हैं, लेकिन बदलाव का यह शोर-शराबा स्टेज और तालियों की गड़गड़ाहट को पार करके आम जनता की गलियों तक बमुश्किल ही पहुँच पाते है। विभा को ऐसे खोखले भाषणों से बड़ी कोफ़्त होती थी, उनका मानना था कि असली बदलाव की शुरुआत हमारे आसपास से होती है। अगर हम किसी भी तरह अपने संपर्क में आने वाले लोगों को कुछ अच्छा या बेहतर करने को प्रेरित कर सकें तो वह जमीनी स्तर पर सुधार का पहला कदम होता है। ऐसी कोशिश चाहे जितनी भी छोटी क्यों न हो एक न एक दिन रंग जरूर लाती है। निठारी की महिलाओं को अपनी मेहनत का फल तो मिलने लगा था, लेकिन एक बात थी जो विभा जी की नज़रों में खटक गई थी।

एक दिन टीम की एक महिला सदस्य जब काम पर आई तो उसके चेहरे पर परेशानी और उदासी की कुछ लकीरें थीं। विभा द्वारा पूछे जाने पर पहले तो वह बात को टाल गई, लेकिन जब उसकी साथियों ने उसे बार-बार बिना हिचकिचाहट अपनी बात रखने के लिए प्रेरित किया तो उसने आखिरकार अपनी समस्या बताई। दरअसल सखा-एक पहल में काम करने वाली सभी महिलाएँ ग्रामीण पृष्ठभूमि से थीं, इनमें से ज्यादातर महिलाओं के पास न तो अपना कोई बैंक अकाउंट था और न ही नेट बैंकिंग के बारे में उचित जानकारी। पति या किसी पारिवारिक सदस्य के अकाउंट में अपने पैसे ट्रान्सफर करवाने के बाद अपनी मेहनत की कमाई पर उनका हक न के

बराबर ही रह जाता था। वह महिला भी अपने हिस्से के पैसे अपने पति के अकाउंट में ट्रान्सफर कराया करती थी, और पिछले तीन महीनों से उसका पति उन सारे पैसों को उसे बिना बताए अपनी मर्ज़ी से खर्च करता आ रहा था।

वह इन पैसों का इस्तेमाल अपनी बेटियों की शिक्षा और बेहतर परवरिश पर करना चाहती थी, लेकिन उसका पति उनको नशे और फिजूलखर्ची में बर्बाद कर रहा था। विभा ने महसूस किया कि निठारी की महिलाएँ आत्मनिर्भर तो बन गई थीं, लेकिन अभी भी वह सशक्त न हो सकीं थीं। उन्होंने मेहनत करके कमाना तो सीख लिया था, लेकिन अपने कमाए पैसों पर अपना हक रखना वह नहीं सीख पाई थीं। इस घटना से सबक लेते हुए विभा ने सखा में एक नया नियम बनाया। आनन-फानन में उन्होंने सभी महिलाओं को निर्देश जारी किए कि अब से किसी भी तरह का लेन-देन सिर्फ और सिर्फ उसी अकाउंट में किया जाएगा जो स्वयं उनके नाम पर होगा। अल्पशिक्षित महिलाओं के लिए यह नया बदलाव था, उनमें से कई को तो ऑनलाइन पेमेंट सिस्टम की सही जानकारी भी न थी। विभा ने न सिर्फ अपनी संस्था में काम करने वाली सभी महिलाओं के बैंक अकाउंट खुलवाए, बल्कि उन्हें पे.-टी. एम. का इस्तेमाल करना भी सिखाया।

उन्होंने सखा की सभी कारीगरों को स्पष्ट रूप से चेताया कि किसी भी हालत में वह अपने अकाउंट से जुड़े पासवर्ड और पिन आदि किसी को भी न दें। महिलाओं की समझ में आने लगा था कि उनकी मेहनत दरअसल तभी सफल है जब उससे मिलने वाली आमदनी को वह अपने अनुसार अपने और अपने परिवार के हालात बेहतर बनाने में लगा सकें। कैश पेमेंट के पूरी तरह से बंद होने के बाद महिला कारीगरों की आर्थिक स्थिति में भी सुधार दिखाई देने लगा। इतना ही नहीं, सखा में काम करने वाली सभी महिलाओं को समय-समय पर मुफ्त आई चेकअप और चश्मे मिलने के साथ-साथ जरूरी पोषक तत्वों जैसे आयरन, विटामिन सी और कैल्शियम आदि के वितरण की व्यवस्था भी की गई। संस्था से होने वाली आय का एक हिस्सा जरूरतमंद और प्रतिभाशाली महिलाओं के शिक्षण पर भी लगाया जाने लगा।

अक्सर देखने में आता है कि संपन्न व्यक्ति अपने से कमतर हालत में संघर्ष कर रहे लोगों की मदद करने में संतोष और गर्व महसूस करते हैं। समाज में दान की महिमा का बखान भी बखूबी किया जाता है। लीक से हटकर चलने वाली विभा को

दान की यह धारणा भी व्यवहारिक नहीं लगती थी। दरअसल उनका मानना था कि डोनेशन किल्स डिग्निटी यानि मुफ्त में मिलने वाला दान लेने वाले के आत्मसम्मान को ख़त्म कर देता है। इसीलिए उन्होंने सखा को "चैरिटी विद डिग्निटी" का लोगो दिया! महिलाओं की मदद के लिए उन्होंने लोगों से उनके बनाए प्रोडक्ट्स खरीदने की अपील की। क्रोशिया प्रोडक्ट्स की बिक्री बढाने के लिए उन्होंने कस्टमाईजेशन और "एक खुद के लिए, दूसरा नेकी के लिए" जैसी स्कीम्स का सहारा भी लिया। यानि अगर किसी ने सखा से एक डॉग स्वेटर अपने पालतू कुत्ते के लिए खरीदा है, तो सखा की टीम उस व्यक्ति की तरफ से एक स्वेटर सडकों पर रहने वाले किसी कुत्ते को मुफ्त में देगी। कॉर्पोरेट में काम करने के उनके वर्षों के अनुभव ने उन्हें एक नया रास्ता सुझाया। विभा ने सखा के कॉर्पोरेट कंपनीज के साथ कोलैबोरेशन कराने पर प्रयास करना शुरू किया।

सखा-एक पहल का पहला आधिकारिक टाई-अप मल्टिनेशनल कंपनी जेनपैक्ट के साथ था, जिसके बाद उनकी टीम ने आइज़ेर हॉस्पिटैलिटी नाम की कंपनी के लिए क्रोशिया के 3000 कोस्टर्स बनाए। संस्था के प्रचार-प्रसार के लिए विभा ने फेसबुक और इन्स्टाग्राम जैसे सोशल मीडिया प्लेटफॉर्म्स का सहारा लिया। फिलहाल उनकी प्राथमिकता वेबसाईट पर लगने वाले खर्च और समय को बाकी की जरूरी चीजों पर लगाने की थी। कॉर्पोरेट कंपनियों से उन्हें काफी अच्छी प्रतिक्रया मिली। वह अलग-अलग मल्टिनेशनल कंपनीज में जाकर उनके कैफेटेरिया या ब्रेक एरिया में सखा के हैन्डमेड सामानों का स्टाल लगातीं, कंपनी में काम करने वाले लोग आते-जाते क्रोशिया की सुन्दर कलाकारी को देखते, सराहते और उचित मूल्य पर खरीददारी करके भी जाते। ऐसे मौकों पर विभा हमेशा यह सुनिश्चित करतीं कि सखा की महिला कारीगरों में से भी कोई न कोई जरूर उनके साथ वहाँ उपस्थित रहे। वह चाहतीं थीं कि टीम की महिलाएँ अपने काम को मिलने वाले महत्त्व और प्रशंसा को खुद अपनी आँखों से देखें-सुनें और महसूस करें। इस तरह न सिर्फ महिला कारीगरों का आत्मविश्वास बढ़ने लगा बल्कि वह अपने हुनर को और भी निखारने के लिए प्रेरित हो उठीं।

सखा के माध्यम से निठारी की महिलाओं के सपनों को एक नया आकाश मिल गया था, जिसमें वह रोज़ नई उड़ान भरने लगीं थीं। क्रोशिया के रंग-बिरंगे मनभावन नमूने अब न सिर्फ भारत बल्कि दुबई, लन्दन, अमेरिका, ऑस्ट्रेलिया और न्यूजीलैंड

जैसे विदेशों में भी अपनी पहुँच और पहचान बनाने लगे थे। विभा ने शुरूआती दौर से ही सखा के प्रोडक्ट्स की क्वालिटी के साथ कोई समझौता नहीं किया था, क्रोशिया के सामानों को बनने में सिर्फ वर्धमान और गंगा वूल जैसे नामी ब्रांड्स की ऊन का ही इस्तेमाल होता था। उनके इन्हीं प्रयासों को देखते हुए जयपुर में स्थित सलाइयां बनाने वाली विश्वस्तरीय कंपनी निट-प्रो ने सखा की सभी कारीगरों को अपनी ओर से मुफ्त सलाइयां तोहफे में दीं। इस तरह के नए-नए सुधारों और प्रोत्साहनों से महिलाओं के काम में दिन-ब-दिन और भी ज्यादा निखार आने लगा। विभा भी टीम की सदस्यों को लगातार किसी न किसी ने जानकारी या बदलाव से अवगत कराती रहतीं। अब उनका अगला लक्ष्य सखा-एक पहल के मिशन और विजन को आने वाली पीढ़ी तक पहुँचाकर उन्हें अपने सफ़र में साथ लाने का था।

कॉर्पोरेट कोलैबोरेशन के साथ-साथ अब विभा ने स्कूल और कॉलेजों में सखा से जुड़े सेशन और वर्कशॉप कराने शुरू किए। उनका मानना था कि बच्चों और युवाओं को पशु-प्रेम का पाठ पढ़ाना बेहद जरूरी है, साथ ही नई पीढ़ी को मानवता, सद्भावना और सहजीवन जैसे मूल्यों की जानकारी देने से ही समाज को सही दिशा दी जा सकती है। विभा अपने सेशन के दौरान बच्चों और किशोरों को सरल-सहज ढंग से इन सभी बातों की जानकारी देतीं और पूरे धैर्य के साथ उनके सभी सवालों के जवाब भी दिया करतीं। धीरे-धीरे बच्चे भी सखा-एक पहल से जुड़ने लगे, इतना ही नहीं शिक्षण संस्थाओं की ओर से भी उनके इस प्रयास को भरपूर सराहना मिली। अब सखा के साथियों में नए जोश और उमंग से भरे युवा वॉलन्टियर्स की एक और टीम भी शामिल हो गई थी। टेक्नोलॉजी की जानकारी रखने वाले यह बच्चे और किशोर सखा के प्रचार-प्रसार अभियान में भी काफी मददगार साबित हुए। एक-एक कदम मजबूती से बढ़ाते हुए सखा-एक पहल का कारवां अब नई मंजिलों की तरफ बढ़ चला था।

विभा ने अब महिलाओं के काम को विश्व स्तर पर पहचान दिलाने की ठान ली थी। महिला सशक्तिकरण करने के उनके तरीके हमेशा से बहुत ही व्यवहारिक और ठोस रहे थे। उनका विश्वास था कि उनके प्रयास न सिर्फ सखा से जुड़ी महिलाओं को जागरूक और सशक्त बनाएंगे बल्कि जहाँ-जहाँ तक उनका सन्देश पहुँचेगा वहाँ-वहाँ महिलाएँ अपने जीवन को बेहतर बनाने के लिए प्रेरित होंगी। इसके अलावा कुत्तों के बारे में प्रचलित गलत धारणाओं और लोगों के व्यवहार में भी परिवर्तन आएगा।

इन्टरनेट क्रान्ति के युग में खबर अच्छी हो या बुरी, छोटी हो या बड़ी, जंगल की आग की तरह बड़ी तेज़ी से हर तरफ फैल जाती है। विभा ने भी सखा-एक पहल के सन्देश को फैलाने के लिए इसी संचार क्रांति का सहारा लिया। लोग अब उन्हें देखते ही पहचान जाते, इतना ही नहीं वह उनके सामने कुत्तों को बुरा-भला कहने से भी डरने लगे। विभा का डॉग लव अब वुमन एम्पॉवरमेंट के साथ कदम से कदम मिलाकर चल रहा था। एन्टरप्रेन्योर के तौर पर मिल रहे मान-सम्मान ने उनकी जिम्मेदारी के भाव को और भी बढ़ा दिया था। सखा परिवार के मुखिया के रूप में उनके मन में बहुत से विचार और कल्पनाएँ उमड़-घुमड़ रहीं थीं, जिन्हें जल्द ही साकार कर दिखाना था।

**

अध्याय : 8

उद्यमशीलता

(Entrepreneurship)

सखा-एक पहल का वर्कस्टेशन भी सहजीवन का एक अनूठा उदाहरण पेश करता है। वहाँ काम करने वाले कारीगरों के साथ-साथ आपको कुत्ते भी बैठे हुए या घूमते-टहलते नज़र आ जाएंगे। कुत्तों का डर और उनके प्रति नकारात्मकता सखा की दहलीज को पार ही नहीं कर पाती। इस संस्था की सबसे ख़ास बात यह है कि विभा जी ने अपने इस उद्यम को किसी भी तरह के भेदभाव से कोसों दूर रखा है। वह स्वयं यहाँ काम करने वाली महिला कारीगरों के साथ फर्श पर बैठकर उनके काम को देखते-समझते हुए उसमें अपना हरसंभव योगदान देती हैं। संस्था में मालिक और कर्मचारी जैसा कोई वर्ताव नहीं किया जाता। सखा से जुड़े हुए सभी लोग इस विस्तृत परिवार के महत्वपूर्ण सदस्य हैं, जिनकी इसके विकास में बराबर की हिस्सेदारी है। इतना ही नहीं विभा ने महिला कारीगरों की निःशुल्क ट्रेनिंग की व्यवस्था भी की हुई है। जिससे उनका हुनर लगातार निखरता जा रहा है और यहाँ बनने वाले क्रोशिया प्रोडक्ट्स का विश्व स्तरीय अनूठापन कायम है।

स्कूलों और कॉरपोरेट कंपनियों में सफलतापूर्वक संचालित की गई वर्कशॉप से विभा के काम को काफी सकारात्मक नतीजे मिले। प्रॉमैथियस, पाथवेज, डी.पी.एस. नोएडा और स्टेप बाय स्टेप जैसे स्कूलों से कई छात्र अब सखा-एक पहल से वॉलन्टीयर के रूप में जुड़ चुके थे। सखा के यह युवा सहयोगी आई.टी. से जुड़े काम देखने लगे। सभी वॉलन्टीयर पूरी शिद्दत के साथ संस्था से जुड़े हुए कामों को अंजाम देते हैं, फिर चाहे वह फ्लेयर्स बनाना हो, किसी का इंटरव्यू लेना हो, या फिर सोशल

मीडिया पर स्टोरीज और पोस्ट्स आदि के माध्यम से सखा के प्रोडक्ट्स की लोगों तक पहुँच को बढ़ाना। सखा के प्रोडक्ट्स के साथ मिलने वाले खूबसूरत थैंक यू नोट्स भी इनकी ही मेहनत का नतीजा हैं। इनमें से कुछ वॉलन्टीयर सखा की महिला कारीगरों को इंग्लिश और पर्सनलिटी डेवलपमेंट जैसी क्लासेज भी देते हैं, जिससे वह एक आत्मनिर्भर उद्यमी के तौर पर खुद को पूरे आत्मविश्वास के साथ पेश कर पाएं।

सखा से जुड़े सेल, मार्केटिंग और स्किल डेवलपमेंट के कामों में मदद के अलावा यह वॉलन्टीयर संस्था के इन्वेंट्री मैनेजमेंट का भी हिस्सा हैं। इतना ही नहीं, कुत्तों के लिए चलने वाली फीडिंग ड्राइव्स में भी वह बढ़चढ़कर हिस्सा लेते हैं। कुत्तों के एडॉप्शन के दौरान भी वह बड़ी ही सतर्कता के साथ सभी तथ्यों की जाँच-पड़ताल करते हैं, जिससे भविष्य में इन मासूम जीवों को किसी भी तरह की परेशानी का सामना न करना पड़े। सखा से जुड़े सभी सदस्यों के बीच एक कहावत बड़ी मशहूर है। अगर अंग्रेजी में डॉग लिखा जाए और इस शब्द को उल्टी तरफ से पढ़ने की कोशिश की जाए तो यह गॉड बन जाता है। 'ईशा वास्यम मिदं सर्वम यत किंचियाम जगत्याम जगत' का यह सूत्र प्राचीन काल से ही हमारी संस्कृति का सन्देश रहा है। इस तरह कण-कण में ईश्वर व्याप्त है की धारणा पर अपने विश्वास को और भी दृढ़ करते हुए सखा परिवार के सदस्य कुत्तों में भगवान का ही अंश देखते हैं। उनकी यह सोच उन्हें अपने काम को और भी ज्यादा लगन और मेहनत से पूरा करने के लिए प्रेरित करने में सहायक साबित होती है।

सखा की स्थापना से लेकर उसके लक्ष्यों को सफलतापूर्वक क्रियान्वित करने तक के सफ़र ने विभा को कई जरूरी बातों की सीख दी। उन्होंने यह जाना और समझा कि गरिमा, सहभाव और पूँजी तीनों ही चीज़ें उनके मिशन और विजन का अभिन्न अंग हैं। यही वह मजबूत धागे हैं जिनसे सखा-एक पहल का ताना-बाना बुना गया है, जिसकी छत के नीचे महिलाओं और कुत्तों को एक प्रेमपूर्ण और सुरक्षित आश्रय मिला है। आज भी जब कोई विभा से उनके काम के बारे में पूछता है तो वह इसकी सफलता का सारा श्रेय अपनी टीम के सदस्यों और निस्वार्थ भाव से उनका साथ देने वाले स्वयंसेवकों को देती हैं। ऐसे किसी भी सवाल पर उन्हें मजरूह सुल्तानपुरी का वह मौजूं सा शेर याद आ जाता है कि "मैं अकेला ही चला था जानिब-ए-मंज़िल

मगर लोग साथ आते गए और कारवाँ बनता गया।" कभी-कभी तो विभा को खुद भी इस बात पर हैरानी होती है कि कुत्तों से डरने वाली महिला से एक डॉग मदर के रूप में बदलने का उनका यह सफ़र कितना रोचक और रोमांचक रहा है। कहाँ तो वह अपने घर में कुत्तों को एक छोटा सा कोना देने में भी हिचकिचाया करती थीं और कहाँ उनके दिल में कुत्तों के लिए इतनी जगह बन गई कि आज के समय में वह उनके लिए जान देने को भी तैयार हैं!

विभा ने अपने रेजिडेंशियल अपार्टमेंट के आस-पास घूमने वाले एक कुत्ते को बड़े प्यार से कालू जी नाम दिया था। लेकिन एक दिन जब उन्हें यह पता चला कि कुछ इंसानों की क्रूरता की वजह से कालू जी को अपनी एक आँख खोनी पड़ी तो विभा के अन्दर रोष जाग उठा। उस दिन उन्होंने ठान लिया कि वह दुनिया को बताकर रहेंगी कि किसी को भी इन बेज़ुबान जानवरों को प्रताड़ित करने का रत्तीभर भी अधिकार नहीं है। उन्होंने अपनी सोसाइटी में अक्सर घूमते रहने वाले चार कुत्तों की पूरी जिम्मेदारी अपने कन्धों पर ले ली। उन चारों के लिए खाना और घर मुहैया कराने के लिए उन्हें उस बिल्डिंग में रहने वाले 350 परिवारों के साथ पूरे तीन साल तक संघर्ष करना पडा। इस दौरान विभा को क्या कुछ नहीं देखना पड़ा! उन्हें तरह-तरह की धमकियाँ दी गईं, सोसाइटी के व्हाट्सएप ग्रुप में उनके साथ दुर्व्यवहार किया गया, उनके परिवार का बहिष्कार हुआ और कई बार तो उनपर दवाब बनाने के लिए पुलिस को भी बुलाया गया। लेकिन विभा जानती थीं की वह सच और सही के साथ खड़ी हैं, इसीलिए उन्होंने अपने क़दमों को मजबूती से जमाए रखा। आखिर दयालु होना कोई पाप तो नहीं होता!

विभा का जज्बा देखकर कुछ और लोग भी सामने आए जो न सिर्फ मजबूती के साथ उनके पक्ष में खड़े हुए बल्कि उन चार कुत्तों के लिए एक छोटा-सा डॉग शेल्टर बनाकर उनके रहने और खाने-पीने की उचित व्यवस्था करने में भी पूरी मदद की। आज भी वह चार कुत्ते उस सोसाइटी का हिस्सा हैं, और लोगों का उनके प्रति व्यवहार भी पूरी तरह से बदल चुका है।! बिना किसी शोर-शराबे या भाषण के जमीनी स्तर पर बदलाव लाने का विभा का यह तरीका ही उन्हें दुनिया की भीड़ से अलग बनाता है। जो लगन उन्हें लगी थी वह अब उनकी पहचान बन गई थी।

**

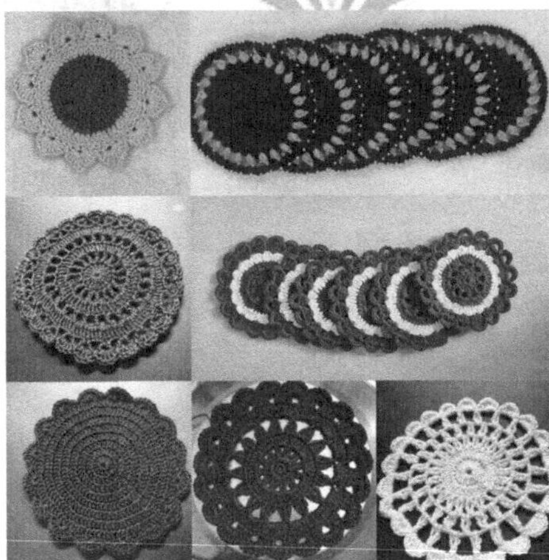

सखा के प्रोडक्ट्स का रंग-बिरंगा कैनवास।

अध्याय : 9

कभी हार न मानने का जज्बा

(Fighter Spirit)

बड़े लक्ष्यों के रास्ते में आने वाली मुश्किलें भी अक्सर बड़ी होती हैं। विभा के सामने पूँजी के अलावा जो सबसे बड़ी मुश्किल आई वह थी लोगों की मानसिकता और हमारे देश की भौगोलिक परिस्थितियों के अनुसार यहाँ का मौसम। भारतीय लोगों में हैण्डमेड प्रोडक्ट्स की सही कीमत को लेकर कई तरह की गलत धारणाएँ मौजूद थीं, और मात्र तीन महीने की सर्दी होने के कारण ऊन की बुनाई और क्रोशिया उत्पादों की उपयोगिता पर भी ढेरों सवाल थे। होम ग्रोन बिजनेस की लहर आने के बावजूद हमारे देश में लघु उद्योग या घरेलू ब्रांड्स के प्रति लोगों की समझ का विकसित होना अभी बाकी है। जानकारी के अभाव में अक्सर उपभोक्ता हैंडमेड सामानों की तुलना चाइनीज सस्ते उत्पादों से भी कर बैठते हैं। वह यह भूल जाते हैं कि हाथ से बने प्रोडक्ट्स में उसे बनाने वाले कलाकार की मेहनत और समय भी लगता है। कारीगर का यह योगदान ही हैंडमेड चीज़ों को किसी मशीनी काम से इतर अपनी एक ख़ास पहचान दिलाता है।

भारत का मौसम भी कुछ ऐसा है कि ऊन से बने गर्म कपड़ों की जरूरत यहाँ के लोगों को साल के बस एक छोटे से हिस्से में ही पड़ती है। ज्यादातर ग्राहक इस मामले में या तो बड़े ब्रांड्स के स्टोर पर मिलने वाले ऑफर्स और सेल का इंतज़ार करते हैं या फिर कम दाम में मिलने वाले कपड़ों से अपना काम चला लेते हैं। क्रोशिया के बने हैंडमेड प्रोडक्ट्स यहाँ के उपभोक्ताओं को महँगे होने के साथ-साथ उपयोगी भी नहीं लगते थे। लेकिन कभी हार न मानने की ठाने बैठीं विभा ने सारी मुश्किलों से

जूझते हुए सखा के प्रोडक्ट्स को सिर्फ भारतीय ही नहीं बल्कि विदेशी बाजार तक भी पहुँचाया। क्रोशिया उत्पादों की उपयोगिता बढ़ाने के लिए उन्होंने प्रोडक्ट्स में विविधिता लाने को अपना ज़रिया बनाया। भले ही गर्मी के कारण लोग क्रोशिया से बुने गए ऊन के वस्त्रों का इस्तेमाल न करना चाहें, लेकिन रंग-बिरंगे धागों से बुने आकर्षक कोस्टर्स, वॉल हैंगिंग्स और सोफा कवर्स आदि को कौन अपने ऑफिस और घर की सजावट का हिस्सा बनाना नहीं चाहेगा! इसके अलावा हैंडमेड खिलौने, राखी, कार हैंगिंग्स, के चेन्स, हेयर पिन्स, हेयर रबर्स और बुक मार्क्स भी लुभावने विकल्प बनकर उभरे।

क्रोशिया से बुनी गई डॉल्स भी इस कड़ी का एक अहम हिस्सा साबित हुईं। अक्सर देखने में आता है कि परिवारों में छोटे बच्चे अपनी जिद के चलते प्लास्टिक से बने खिलौनों का ढेर लगा देते हैं। खिलौनों के टूट जाने पर प्लास्टिक के कचरे का यह ढेर ग्लोबल वार्मिंग को बढ़ाकर पर्यावरण को नुकसान पहुँचाता है। इस समस्या को ध्यान में रखते हुए ही विभा ने इको-फ्रेंडली खिलौनों की कल्पना की जिसे सखा की महिला कारीगरों ने बहुत ही खूबसूरती से साकार कर दिखाया। इन क्रोशिया डॉल्स के बनने के पीछे भी एक ऐसी कहानी है जो हमें यह आइना दिखा जाती है कि मशीनीकरण की अंधी दौड़ में प्रकृति और प्राकृतिक संसाधनों को पीछे छोड़ते चले जाने की प्रवृत्ति ने एक इंसान के तौर पर हमें कहाँ से कहाँ पहुँचा दिया है। हम किस तरह हर पल ऐसे खतरों के साए में जी रहे हैं जिनके बारे में हमने सपने में भी नहीं सोचा था। दरअसल हुआ यह कि विभा की एक रिश्तेदार की बेटी को कई दिनों से पेट में तेज़ दर्द था जो हर तरह के इलाज करने के बाद भी कम नहीं हो रहा था। आखिरकार डॉक्टर्स ने बच्ची के पेट का स्कैन किया और स्कैन में उन्हें पेट के अन्दर एक छोटी सी बॉल के बराबर कोई आकृति नजर आई। डॉक्टर को यह देखकर ट्यूमर का अंदेशा हुआ, लेकिन जब सर्जरी द्वारा उस बॉलनुमा संरचना को निकाला गया तो सभी असलियत जानकार हैरान रह गए। वह कोई ट्यूमर नहीं बल्कि प्लास्टिक की गुड़िया के सिंथेटिक बाल थे, जिन्हें बच्ची ने खेल-खेल में निगल लिया था।

यह सुनकर और इसके परिणामों के बारे में सोचकर सभी के पैरों तले से जमीन खिसक गई। प्लास्टिक के खिलौनों से होने वाली इतनी बड़ी हानि के बारे में तो किसी ने सोचा भी नहीं था। इसी घटना के बाद विभा ने ऐसे खिलौने बनाने का निश्चय किया जो न सिर्फ इको-फ्रेंडली हों बल्कि बच्चों के लिए शत-प्रतिशत सुरक्षित भी हों। इस तरह जन्म हुआ सखा-एक पहल की पहली इको-फ्रेंडली और चाइल्ड सेफ डॉल 'गुड़िया' का। क्रोशिया और ऊन के धागों से बुनी गई सुन्दर-सजीली गुड़िया

का लॉन्च शीरोज हैंगआउट नोएडा में पूर्व मिस यूनिवर्स ग्रेट ब्रिटेन नोकि सिम्बानी के हाथों हुआ। गुड़िया के लॉन्च ने सखा की टीम को भी एक बड़ी राहत दी, अब उनके पास साल के बारह महीनों तक काम करने के लिए एक ऐसा प्रोडक्ट था जिस पर मौसम का कोई असर नहीं पड़ने वाला था। इतना ही नहीं, गुड़िया को इंटरनेशनल डॉल्स डे पर हिन्दुस्तान टाइम्स में कवरेज भी मिली। विभा के सपनों को तो जैसे पर लग चुके थे! उन्होंने इसी सिलसिले को आगे बढ़ाते हुए क्रोशिया के और भी खिलौने जैसे जेली फिश, पिगलेट, लव पेयर जिराफ और बीगल आदि को भी लॉन्च किया। जेली फिश टॉय तो बच्चों को इतना भा गया कि उनके माता-पिता ने इसे अम्बेलिकल कार्ड टॉय का नाम ही दे डाला, यानि एक ऐसा खिलौना जिससे बच्चा अपनी माँ की अम्बेलिकल कार्ड जैसा लगाव और जुड़ाव महसूस करे।

खिलौनों के इस सफ़र में आगे गुड़ियों के ऐसे रंग-बिरंगे कपड़े भी शामिल हुए जो क्रोशिया डॉल्स के अलावा बाकी डॉल्स पर भी आसानी से फिट बैठते थे। इतना ही नहीं विभा ने लोगों की धार्मिक भावनाओं की कद्र करते हुए साईं बाबा की भी एक क्रोशिया डॉल पेश की, जिसे काफी सराहना मिली। इसके बाद उन्होंने गुड़िया के परिवार में कुछ पुरुष सदस्यों को शामिल करने का भी फैसला लिया, और अब सखा से जल्द ही कुछ आकर्षक मेल डॉल्स यानी गुड्डे भी मार्किट में हाज़िर होने वाले हैं। काम और पहचान बढ़ने के साथ-साथ विभा की जिम्मेदारियाँ और व्यस्तता भी बढ़ने लगी। सखा की सर्वे-सर्वा होने के नाते उनके सामने एक बड़ी चुनौती यह भी थी कि अपने मिशन और विजन को वह किस तरह ज्यादा से ज्यादा लोगों तक पहुँचाएँ। वेबसाइट लॉन्च करना और उसे अपडेट रखना उनके लिए फिलहाल एक अतिरिक्त जिम्मेदारी जैसा था, इसीलिए उन्होंने उसे भविष्य पर छोड़ते हुए सोशल मीडिया जैसे फेसबुक और इन्स्टाग्राम से ही सखा के प्रोडक्ट्स की मार्केटिंग करनी जारी रखी। इन्स्टाग्राम यूजर्स ने सखा के प्रोडक्ट्स को काफी सराहा और धीरे-धीरे उनकी सेल भी बढ़ने लगी। कस्टमाइज्ड क्रोशिया प्रोडक्ट्स के तो लगभग सभी ऑर्डर्स सखा की टीम तक इन्स्टाग्राम के माध्यम से ही पहुँचते हैं।

जहाँ एक तरफ कॉर्पोरेट कंपनियों में सखा की वर्कशॉप और एग्जिबिशन सेल के नतीजे काफी अच्छे देखने में आ रहे थे वहीं कुछ लोगों का रवैया अभी भी विभा और उनके काम के प्रति बहुत सहयोगी नहीं था। ज्यादातर रेजिडेंशियल सोसाइटी अपने कंपाउंड में स्टाल लगाने के लिए जगह देने के बदले में मनमाने किराये की माँग कर रही थीं। यही वजह रही कि सखा का स्टाल कभी किसी मल्टीस्टोरी अपार्टमेंट के फंक्शन या सेलिब्रेशन में नज़र नहीं आया। विभा अपनी टीम का सम्मान करती हैं,

और सखा द्वारा प्राप्त धनराशि में से एक-एक पैसा बहुत ही सोच-विचार के साथ टीम के सदस्यों की बेहतरी के लिए ही इस्तेमाल होता है। उन्हें सी.एस.आर. फण्ड से जुड़ी परेशानियों का सामना भी करना पड़ा। इसमें कोई दो राय नहीं है कि सखा-एक पहल का मॉडल सरकार की ओर से समाज को लाभ पहुँचाने वाले व्यवसायों को मिलने वाले इस अनुदान का उचित हकदार था। लेकिन जनता के लिए जानकारियों के ठीक तरह से उपलब्ध न होने और सिस्टम की खामियों के चलते यह संभव न हो सका।

लेकिन विभा ने इन सभी मुश्किलों से जूझते हुए अपनी टीम की महिला सदस्यों को भी आगे बढ़ने के लिए प्रेरित और उत्साहित किया। खुद उन्हीं के शब्दों में "वह सफ़र ही क्या जिसमें मोड़ न आएं!" विभा का कहना है कि किसी भी लक्ष्य तक जाने वाला रास्ता अपने उतार-चढ़ावों की वजह से ही तो दिलचस्प बनता है। इस तरह बिना रुके, बिना थके वह अपने सतत प्रयासों से सखा-एक पहल को लगातार और भी रचनात्मक एवं विविधतापूर्ण बनाने के साथ-साथ बेसहारा कुत्तों को अपनाने और उनकी देखभाल से जुड़े जरूरी संदेशों को ज्यादा से ज्यादा लोगों तक पहुँचाने लगीं।

विभा की संवेदनशीलता का अंदाजा इसी बात से लगाया जा सकता है कि उन्होंने काफी प्रयास करके विकलांग कुत्तों के लिए आधुनिक प्रॉब्स भी उपलब्ध कराए। इन प्रॉब्स का मिलना कई कुत्तों के लिए किसी वरदान की तरह साबित हुआ। अपनी शारीरिक अक्षमता के चलते दूसरों पर निर्भर हो चुके यह कुत्ते प्रॉब्स मिलने के बाद बिना किसी की सहायता के अपने दैनिक कार्यों को स्वयं ही करने लगे। भविष्य में विभा का सपना एक डॉग शेल्टर स्थापित करने का है जहाँ बेसहारा कुत्तों को खाने और इलाज की सभी सुविधाएँ मुफ्त उपलब्ध हों। कोशिशों की इसी कड़ी में सखा-एक पहल ने अपना पहला ट्रस्ट 'वेगिंग टेल्स रिफ्यूज' के नाम से रजिस्टर करवा लिया है। जिसके तहत विभा कुत्तों की बेहतरी के लिए सी.एस.आर. लेने में प्रयासरत हैं। फिलहाल उनका पूरा ध्यान व्यापक रूप से कुत्तों की नसबंदी अभियान पर लगा हुआ है, जिससे कुत्तों के जीवन स्तर में बड़े पैमाने पर सुधार लाया जा सके। सपनों की डगर पर सखा का यह कारवां विभा के मन की निजी जागृति यात्रा में बदल गया।

**

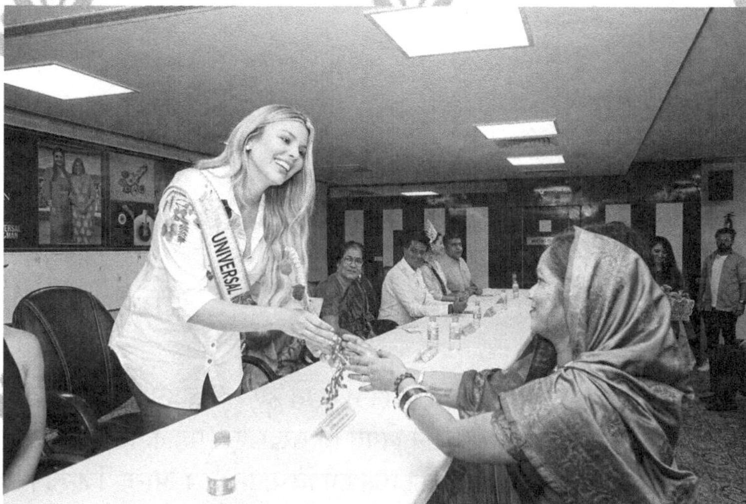

यूनिवर्सल वुमन- 2023 वेलेंटीना सांचेज त्रिवेला का स्वागत करती सखा-एक पहल की महिला स्टाफ

सखा के प्रोडक्ट्स को देखतीं और सराहतीं यूनिवर्सल वुमन-2023 वेलेंटीना सांचेज त्रिवेला

अध्याय : 10

लगन और सतत प्रयास

(Dedication and Consistent Efforts)

जब कोई काम किसी विजन को ध्यान में रखते हुए शुरू होता है तो उसी तरह के लोग भी आकर उसके मिशन से जुड़ने लगते हैं। सखा-एक पहल की डॉल्स के चर्चे सुनकर डी.पी.एस. स्कूल के बच्चों का एक ग्रुप विभा के पास आया, जिन्होंने विभा के सामने एक बिल्कुल ही अलग तरह की क्रोशिया डॉल्स बनाने की पेशकश रखी। बच्चों का यह ग्रुप अपने स्कूल में बॉडी शेमिंग और बुलिंग के विरोध में एक प्रोजेक्ट कर रहा था। उनकी माँग एक ऐसी गुड़िया की थी जो डॉल्स की प्रचलित धारणा से बिल्कुल उलट कुछ मोटी और थुलथुली हो, जिसकी आँखों पर नज़र का चश्मा लगा हो, और चेहरे पर कई सारे पिम्प्लस भी नज़र आएं। सखा की टीम ने इस नए प्रोजेक्ट को एक चुनौती की तरह स्वीकार करते हुए बिल्कुल ऐसी ही डॉल्स तैयार कीं। बच्चों का वह प्रोजेक्ट स्कूल में खासा चर्चित और सफल हुआ जिसमें उन्होंने बुली करने वालों को मुफ्त बॉडी पाजिटिविटी डॉल्स बाँटीं थीं।

विभा ने अपने जॉब के दिनों में मार्किट की नब्ज़ को पकड़ना बखूबी सीखा था। प्रोडक्ट्स में और भी विविधिता लाते हुए उन्होंने पिकाचू और ईविल आई जैसे पॉप्युलर डिजाइन वाले की-चेन बाजार में उतारे। ईविल आई की-चेन तो उनका बेस्ट सेलिंग प्रोडक्ट ही बन गया। दैनिक उपयोगिता की चीजों जैसे इंची टेप को भी उन्होंने सुन्दर क्रोशिया के कवर में पेश किया। इतना ही नहीं सड़कों का कचरा कम करने के लिए उन्होंने क्रोशिया के बुने हुए नींबू-मिर्च का अनोखा नमूना भी लॉन्च किया। क्रिसमस पर लोग अपने क्रिसमस ट्री को सजाने के लिए तरह-तरह के ऑरनामेंट्स खरीदते हैं, जो अक्सर प्लास्टिक के बने हुए होते हैं। एक बार इस्तेमाल के बाद या तो वह टूट जाते हैं या उनकी चमक चली जाने के कारण लोग उन्हें फेंक देते हैं। पर्यावरण के लिए सजग विभा के इस समस्या का भी एक अनूठा समाधान निकाला- क्रोशिया

द्वारा बुने हुए रि-यूज़ेबल क्रिसमस ऑरनामेंट्स। इन ऑरनामेंट्स में टूट-फूट का कोई डर ही नहीं था और गंदे होने पर उन्हें धुलकर फिर से नया बनाया जा सकता था।

फैशन के दौर से कदम मिलाते हुए उन्होंने बच्चों के हेयर क्लिप्स और हेयर एसेसरी भी बनानी शुरू कीं, यही नहीं सखा की कारीगरों का बनाया हुआ मैचिंग बैग और कैप का सेट महिलाओं और कॉलेज जाने वाली लड़कियों के बीच काफी लोकप्रिय है। बात सखा के प्रोडक्ट्स की चल रही हो और उसमें कुत्तों का जिक्र न आए यह तो हो ही नहीं सकता है। सखा के प्रोडक्ट्स की एक्सक्लूसिव रेंज में डॉग टॉयज, डॉग कालर और डॉग ज्वेलरी भी शामिल हैं। बच्चों के गुड़िया की तरह ही यह डॉग और कैट टॉयज भी पूरी तरह इको-फ्रेंडली और पालतू जानवरों के लिए शत-प्रतिशत सुरक्षित हैं। त्यौहार और ख़ास मौकों जैसे राखी, होली और दिवाली के लिए सखा में खालिस भारतीय और एथनिक टच वाले प्रोडक्ट्स तैयार किये जाते हैं। राखी पर लॉन्च किया गया राखी-लुम्बा सेट तो आज भी हाथों-हाथ बिकता है। सखा के बैनर से लॉन्च होने वाले प्रोडक्ट्स की बढ़ती माँग और लोकप्रियता का अंदाजा आप इस बात से लगा सकते हैं कि जहाँ पहले विभा स्टाल्स लगाकर लोगों को सखा के प्रोडक्ट्स लोगों तक पहुँचाया करतीं थीं, वहीं अब लोग अपने आस-पड़ोस में एग्जीबिशन लगाने के लिए उनसे थोक के भाव प्रोडक्ट्स लेकर जाने लगे।

सखा के मार्केटिंग और प्रमोशन जैसे काम अब निट-प्रो ने संभाल लिए थे, 35 हज़ार से भी ज्यादा डिस्ट्रीब्यूटर्स वाली यह कंपनी अब विभा के क्रोशिया प्रोडक्ट्स के फोटोशूट भी करवाने लगी।

इसके अलावा भविष्य में वह कुत्तों के साथ- साथ सड़क पर बेसहारा घूमने वाले गौ-वंश के लिए भी काम करना चाहती हैं। वह एक ऐसी गौशाला बनाने के लिए प्रयासरत हैं जहाँ गाय और बैलों को भरपेट भोजन के साथ-साथ उनकी देखभाल की भी सभी सुविधाएँ उपलब्ध हों। कोशिशों की इसी कड़ी में विभा का एक कदम यह भी है कि किसी भी रिश्तेदार के यहाँ जाने पर वह तोहफे नहीं स्वीकार करतीं, बल्कि उन्हें जो नेग मिलता है उसे भी वह उसी परिवार के सदस्यों को कुत्तों और गायों को खाना खिलाने के लिए वापस दे देती हैं। विभा के सभी रिश्तेदारों के यहाँ उनकी इस तरह की एक-एक दान पेटी जरूर देखने को मिलती हैं। बिना किसी हो-हल्ले के मूक जानवरों के प्रति सेवा की यही भावना विभा को भीड़ से अलग एक ऐसी पहचान देती है कोई भी सराहे बिना नहीं रह पाता।

**

दिवा इन एक्शन - श्रीमती विभा चुघ

अध्याय : 11

सामाजिक/नैतिक योगदान

(Adding Value to the Community)

अपने जीवनयापन के लिए तो सभी कोई न कोई काम करते ही हैं, लेकिन कुछ ऐसा कर दिखाना जो दूसरों को सहारा देकर उन्हें भी आगे बढ़ने के लिए प्रेरित करे, वह समाज के सामने एक उदाहरण बन जाता है। विभा जी के इस जागरूकता भरे योगदान के लिए उन्हें अक्सर कोई न कोई अवार्ड या मीडिया कवरेज मिलती रहती है। उनके लिए इस तरह के अवार्ड शोज और इंटरव्यूज में जाने का उद्देश्य कभी समाज में अपनी मान-प्रतिष्ठा बढ़ाने या लोकप्रियता पाना नहीं रहा है, बल्कि वह तो मीडिया की इस ताकत का इस्तेमाल सखा-एक पहल से जुड़े अपने सन्देश को जन जन तक पहुँचाने के लिए करती आई हैं।

बेजुबान पशुओं की भलाई की दिशा में किये गए उनके कामों और महिला उत्थान में उनके योगदान के चलते विभा के घर की शेल्फ सी.आई.आई का बेस्ट वुमन एनटरप्रेन्योर अवॉर्ड (2021), जागरण सम्मान और जानकी सम्मान (यू.पी., 2022) जैसे कई अवॉर्ड्स से सजी हुई है। आए दिन मीडिया में उनके नाम के चर्चे होते रहते हैं। न्यूज़ 18, आज तक, जी-न्यूज़ और इंडिया टी.वी. जैसे कई चैनल्स पर उनके इंटरव्यू लाइव टेलीकास्ट हो चुके हैं। आज तक के लिए उनका इंटरव्यू सेशन तो प्रसिद्ध फिल्म अभिनेत्री रवीना टंडन द्वारा संचालित किया गया था। प्रख्यात पत्रकार, न्यूज़ एंकर और लेखक राजदीप सरदेसाई भी अपने चैनल के लिए विभा का साक्षत्कार ले चुके हैं। इतना ही नहीं, वह दैनिक जागरण, अमर उजाला, हिन्दुस्तान टाइम्स, पायनियर और द ट्रिब्यून जैसे न्यूज़पेपर्स की हेडलाइंस में भी अपनी जगह बना चुकी हैं।

भास्कर एफ़ ऍम. की आर.जे. दिव्या ने अपने रेडियो-शो 'बारह से दो, माँ-बहन का शो' में बड़े ही दिलचस्प ढंग से विभा और उनके किये हुए कामों की चर्चा की थी। दिवाज इन एक्शन नाम की संस्था ने अंतर्राष्ट्रीय महिला दिवस पर उन्हें अपना खास 'दिवाज इन एक्शन' अवॉर्ड दिया। विभा इस अवॉर्ड को लेने स्टेज पर न जा सकीं, क्योंकि पिछले कई सालों से महिला दिवस पर वह स्वयं सखा की सभी महिला कारीगरों को लंच कराने के लिए अपने साथ ले जाया करती हैं। अवॉर्ड शो में जाने की वजह से इस ख़ास मौके पर अपनी टीम की सदस्यों को नज़रंदाज़ करना उनके उसूलों के खिलाफ था। विभा की यही बारीकी और संवेदनशीलता ही तो उन्हें सेलेब्रिटी से अलग एक ख़ास और ठोस पहचान देती है। अभी हाल ही में सिल्फ मैगजीन ने उन्हें अपने कवर पेज पर फीचर किया है।

इसके दो साल पहले गृहशोभा नामक पत्रिका ने भी उन्हें अपने कवर पेज पर फीचर किया था। गृहशोभा से सिल्फ़ के कवर तक पहुँचने का यह सफ़र बेहद रोमांचकारी था। बहुत सारे उतार-चढ़ावों से भरे विभा के इस सफ़र में अनगिनत संघर्ष, मन को मायूस कर देने वाली कई घटनाएँ, कुत्तों पर हो रही क्रूरता के किस्से, पुलिस-थानों के चक्कर शामिल रहे। इसी दौरान उन्होंने न सिर्फ अलग-अलग देशों में होने वाली बुनाई के पैटर्न्स को चित्रों के माध्यम से सीखना जारी रखा बल्कि इस प्रक्रिया को आसन बनाने के लिए स्पेनिश भाषा भी सीखी बुलंद हौसलों वाली विभा के कभी हार न मानने वाले जज्बे को उनके परिवार के संबल, टीम की महिलाओं के सहयोग और कुत्तों के बेशुमार प्यार ने अपने कदम बिना रुके आगे बढ़ाते रहने के लिए प्रेरित किया।

द बेटर इंडिया नाम के ऑनलाइन प्लेटफॉर्म ने भी विभा पर एक ख़ास आर्टिकल लिखा है, इस प्लेटफॉर्म के इन्स्टाग्राम पर 1.3 मिलियन से भी ज्यादा फॉलोवर्स हैं। कई बार तो इन इंटरव्यू और मीडिया कवरेज को देखने के बाद दूर-दराज़ के इलाकों से लोग उन्हें फ़ोन और मैसेज भी करते हैं। अक्सर यह कॉल्स और मैसेजे विभा की तारीफों से भरे होते हैं, लेकिन कभी-कभी कुछ लोग उन पर भरोसा दिखाते हुए उनसे मदद माँगते हुए भी नज़र आते हैं। ऐसी ही कुछ फ़ोन कॉल्स तो उन्हें बैंगलोर और कश्मीर जैसी जगहों से भी आईं, जिनमें वहाँ की महिलाओं की स्थिति को बताते हुए लोगों ने विभा से वहाँ भी सखा-एक पहल का सेण्टर खोलने की गुजारिश की, जिससे निठारी की महिलाओं की तरह ही उनके आस-पड़ोस की महिलाओं का भी जीवन संवर सके। हालाँकि विभा अभी निठारी में स्थित अपने सखा के सेंटर की जिम्मेदारियों और

प्रतिबद्धता में काफी व्यस्त हैं, लेकिन भविष्य में वह सखा के माध्यम से देश के बाकी प्रदेशों की महिलाओं से भी जुड़ना चाहती हैं।

बड़े-बड़े अवॉर्ड शोज और मीडिया कवरेज से इतर वह कुछ ऐसे कामों को भी लगातार अपना सहयोग देती आई हैं जिन्हें छोटे ही सही मगर सार्थक बदलाव की पहल कहा जा सकता है। इसी कड़ी में उन्होंने प्रोमेथियस स्कूल के छात्रों को उनका एक प्रोजेक्ट करने में मदद की थी, जो सखा की महिला सदस्यों के लिए भी काफी जागरूकता भरा साबित हुआ। दरअसल स्कूल के इन बच्चों ने प्रोमेथियस के कैम्पस में एक बेक सेल लगाई थी, जिससे होने वाली आमदनी को उन्होंने सैनीटरी पैड्स खरीदने में इस्तेमाल किया। कुल 6-6.5 हज़ार मूल्य के सैनीटरी पैड्स लेकर बच्चों का यह ग्रुप सखा-एक पहल के कार्यालय में पहुँचा और वहाँ मौजूद सभी महिलाओं से मेंस्ट्रूएशन हाइजीन पर बातचीत की। निठारी की महिलाओं के लिए यह एकदम नया अनुभव था, ग्रामीण पृष्ठभूमि वाली यह महिलाएँ अब तक इस मुद्दे को एक टैबू की तरह ही समझती आई थीं। ऐसे में महिलाओं से जुड़े इस विषय पर खुलकर बात करना और अपनी समस्याओं को बाँट पाना उन्हें काफी राहत भरा लगा।

इस वर्कशॉप के दौरान न सिर्फ सखा की कारीगरों को साफ़-सफाई और इन्फेक्शन से बचाव के तरीके बताए गए बल्कि उनकी झिझक को मिटाने के लिए बच्चों द्वारा लाए गए सैनीटरी पैड्स भी उन्हें मुफ्त में वितरित किए गए। यह पूरा कार्यक्रम विभा की देख-रेख में बहुत ही सरलता और सुगमता से संपन्न हुआ। विभा के ऐसे ही कदम उन्हें सखा से जुड़ी महिलाओं के और भी करीब ले आते हैं। टीम की सभी सदस्यों के मन में उनके प्रति अपनेपन से भरे आदर और सम्मान की गहरी भावना है। वह समय-समय पर उन्हें ओवर द काउंटर यानी बिना डॉक्टर के प्रिस्क्रिप्शन के ली जा सकने वाली दवाइयाँ भी उपलब्ध कराती रहती हैं। खांसी-सर्दी और जुकाम-बुखार या कमजोरी में ली जा सकने वाली यह दवाइयाँ सखा में ही मिल जाने से महिलाओं की सेहत तो अच्छी रहती ही है, इन दवाइयों पर खर्च होने वाला उनके पैसों की भी बचत होती है।

इसीलिए तो सखा की सभी महिला कारीगरों का मानना है कि सखा-एक पहल उनके जीवन में किसी वरदान की तरह आया है। वह छोटा सा कमरा अपने आप में वसुधैव कुटुम्बकम की एक सार्थक परिभाषा है। खुद विभा के लिए भी सखा का दफ्तर सिर्फ काम की जगह न होकर एक मंदिर की तरह है और सखा से जुड़े सभी सदस्यों को वह अपना परिवार मानती हैं।

**

उपसंहार

जब तक न सफल हो, नींद चैन को त्यागो तुम।
संघर्ष का मैदान छोड़ मत भागो तुम।
कुछ किये बिना ही जय जयकार नहीं होती।
कोशिश करने वालों की हार नहीं होती।।

सारी ड्राइव्स को खंगालकर प्रकाशक की माँग के अनुसार किताब के सभी चैप्टर्स के लिए फोटोज निकाली जा चुकी थीं। अब विभा के सामने स्क्रीन पर वह विडियो चल रहा था जिसमें वह अपने कॉलेज के दिनों में हिंदी के प्रसिद्ध कवि श्री सोहनलाल द्विवेदी की इस कविता का पाठ कर रहीं थीं। तस्वीरों के बहाने अपनी जिंदगी को एक दर्शक की तरह देखने का यह जो मौक़ा उन्हें आज हासिल हुआ था इसके अनुभव को शब्दों में बयान कर पाना उनके लिए बहुत ही मुश्किल था। दरअसल कर्ता के रूप में अपने कर्म करते चले जाना और सभी लक्ष्यों को पूरा करने के बाद एक दर्शक के रूप में अपनी जीवन-यात्रा को देखना दोनों ही एकदम अलग-अलग बातें हैं। विभा का हमेशा से मानना रहा है कि लम्बी उम्र से ज्यादा अच्छा आशीर्वाद एक सार्थक जीवन का होता है। वह इसे ईश्वर की कृपा मानती हैं कि उन्हें सार्थक जीवन का यह आशीर्वाद मिला।

विभा का कहना है कि अब तक सखा-एक पहल का जो कुछ भी हासिल है उसे वह एक शुरुआत ही मानती हैं। बात कुत्तों का जीवन बेहतर बनाने की हो या महिलाओं की आत्मनिर्भरता की, इस मिशन में अभी बहुत कुछ किया जाना बाकी है। सखा-एक पहल आज कॉर्पोरेट की दुनिया में भी अपनी पहचान बना चुका है और अब तो वालेन्टीयर के रूप में स्कूल और कॉलेज में पढ़ने वाली युवा पीढ़ी भी

इस मिशन से जुड़ी हुई है। जाहिर है कि सहजीवन का यह अनूठा मॉडल प्राकृतिक सामंजस्य के रास्ते पर चलकर इसी तरह जरूरी बदलाव लाते हुए हमारी पृथ्वी पर जीवनशैली को और भी बेहतर बनाएगा। आने वाले समय में और भी युवा इस पहल से जुड़ेंगे, आखिर युवा पीढ़ी के हाथों में ही तो हमारे देश का भविष्य है!

सखा के मिशन में विभा ने हमेशा 'सर्वजन हिताय, सर्वजन सुखाय' के सिद्धांत का पालन किया है। जब कभी उन्हें किसी अवॉर्ड या मीडिया कवरेज के लिए बुलाया जाता है तो वह आयोजकों के सामने अपनी टीम को भी बुलाए जाने की बात जरूर रखती हैं। हालाँकि कई कार्यक्रमों में यह संभव नहीं हो पाता, लेकिन विभा की अपनी टीम के प्रति प्राथमिकताएं और प्रतिबद्धताएं तय हैं और वह उनसे रत्ती भर भी समझौता नहीं करती हैं। जब नोएडा स्थित लवली पब्लिक स्कूल के एक कार्यक्रम में उन्हें मुख्य अतिथि के रूप में बुलाया गया तो वह अपनी टीम की सदस्यों को साथ लेकर वहाँ पहुँचीं। स्टेज पर जिस समय विभा ने कार्यक्रम को देखने आए दर्शकों से मुखातिब होते हुए यह बताया कि उनके साथ आई महिला कारीगरों में से कई तो जीवन में कभी किसी स्कूल के अन्दर कदम ही नहीं रख सकीं और आज वह इस स्कूल में हो रहे कार्यक्रम में मुख्य अतिथि की हैसियत से ससम्मान स्टेज पर हाज़िर हैं, तो हॉल तालियों की गड़गड़ाहट से गूँज उठा।

विभा ने अपने इस कदम से यह सन्देश दिया कि हुनर किसी डिग्री या सर्टिफिकेट का मोहताज़ नहीं होता और आत्मनिर्भर बनकर सम्मान से जीने के लिए महंगी शिक्षा से ज्यादा जरूरी है लगन और आत्मविश्वास। उन्होंने अपने अन्दर लगी इसी लगन को माध्यम बनाकर निठारी की महिलाओं में जो आत्मविश्वास जगाया वही उन महिलाओं और उनके परिवारों के जीवन में सकारात्मक परिवर्तनों को लाने की वजह बना। विभा की महिला सशक्तिकरण की परिभाषा सबसे अलग होने के साथ-साथ बड़ी ही सरल, सहज और व्यवहारिक है। वह कहती हैं कि महिलाओं की मदद के नाम पर उन्हें राशन, कपड़े या अन्य दैनिक आवश्यकताओं की चीज़ें उपलब्ध कराने से ज्यादा जरूरी है उन्हें आत्मनिर्भर बनाना। क्योंकि कोई भी संस्था या स्वयंसेवी संगठन उनकी आवश्यकताओं को तो पूरा नहीं सकता है लेकिन अपने सपनों को उड़ान वह स्वयं ही दे सकती हैं।

वह अपनी बात को बहुत ही सरल शब्दों में समझाते हुए कहती हैं कि जब लोग किसी जरूरतमंद महिला और उसके परिवार की मदद करते हैं तो खुद को महान समझने के भ्रम में यह भूल ही जाते हैं कि उनकी सोच से परे भी उस महिला और उसके परिवार की कुछ जरूरतें या इच्छाएं हो सकती हैं। यदि हम उस महिला को ही इतना संबल बना दें कि उसे हमारी मदद पर निर्भर न रहना पड़े तो वह आसानी से अपनी उन सभी आवश्यकताओं को खुद ही पूरा कर सकेगी। विभा के दिल को उस वक़्त सच्ची ख़ुशी हासिल हुई थी जब सखा की टीम में एक महिला सदस्य ने अपनी पहली सैलरी आने पर खुद के लिए एक लिपस्टिक और साड़ी खरीदी थी। बहुत ही कम कीमत की उस लिपस्टिक और साड़ी को खरीदने के बाद जिस तरह से आँखों में चमक लिए हुए ख़ुशी से खनकती आवाज में उसने अपना अनुभव विभा से बाँटा था उसे सुनकर उनका मन अन्दर तक एक सुकून से भर गया। आखिरकार अपनी जरूरतों के लिए भी पति और परिवार पर निर्भर रहने वाली यह महिलाएं अब अपने शौक भी अपनी मेहनत की कमाई से पूरे कर पा रही थीं। यही तो है असली वुमन एमपॉवरमेंट जिसके बारे में हम आए दिन नए-नए लेख पढ़ते हैं और रोज नए विचार-विमर्श सुनते हैं।

विभा कहती हैं कि सखा-एक पहल के माध्यम से हर दिशा में काफी कुछ प्रयास किये गए हैं, लेकिन अभी बहुत कुछ किया जाना बाकी है। वह लगातार अपना पूरा समय और ध्यान इसी बात पर केन्द्रित रखती हैं कि किस तरह सखा के आकाश को और भी विस्तार देकर उसे आशाओं के नए रंगों से सजाया जा सके। विभा का सपना है कि वह अपने जीवन की अंतिम साँस तक आने वाली पीढ़ी को दया, करुणा और सहजीवन का यह पाठ पढ़ाती रहें। वह चाहतीं है कि सखा से जुड़ा उनका यह सन्देश बच्चे-बच्चे की जुबान पर हो, जिससे फिर कभी न तो किसी बेज़ुबान प्राणी पर अत्याचार हो और न ही किसी महिला को अपने अस्तित्व के संघर्ष की लड़ाई लड़नी पड़े। कदम से कदम मिलाकर यह सफ़र यूँ ही चलता रहेगा और सखा- एक पहल का हाथ हर एक जीवधारी के हाथ को मजबूती से थाम लेगा फिर चाहे वह इंसान हों या बेज़ुबान जानवर।

** **